쥐뿔도 없는 회귀

쥐뿔도 없는 회귀 14

목마 퓨전 판타지 장편소설

초판 1쇄 찍은 날 | 2019년 4월 12일
초판 1쇄 펴낸 날 | 2019년 4월 19일

지은이 | 목마
펴낸이 | 예경원

기획 | 위시북스
편집책임 | 이규재
편집 | 위시북스

펴낸곳 | 예원북스
등록번호 | 제396-2012-000132호
등록일자 | 2012. 7. 25
KFN | 제1-398호

주소 | 경기도 고양시 일산동구 호수로 646-24 위너스21II빌딩 206A호 (우)10401
전화 | 031-819-9431 팩스 | 031-817-9432
E-mail | yewonbooks@naver.com

ⓒ목마, 2018

ISBN 979-11-6424-246-7 04810
　　　979-11-6098-833-8 (set)

쥐뿔도 없는 회귀

14

목마 퓨전 판타지 장편소설

WISHBOOKS FUSION FANTASY STORY

Wish Books

CONTENTS

1장
유언(2)

　오슬라의 날개가 미약한 진동을 보였다. 무수히 많은 빛의 입자가 그녀의 주변으로 떠오른다.

　그것은 수백 마리의 반딧불처럼 보였다. 오슬라의 손짓에 따라 빛들은 이성민의 주변을 감쌌다.

　오슬라가 만든 가면은 요력을 완전히 억제하는 기능을 가지고 있었다.

　요력뿐만이 아니다. 그 강력한 힘을 가지고 있던 사마련주도 오슬라가 만들어 준 가면을 쓴다면 전력을 내지 못하였다.

　오슬라 스스로 봉인이라고 말하였으니, 그녀의 도움을 받는다면 검은 심장을 통해 사마련주의 힘을 흡수하여도 요성이 폭주하는 위험은 줄일 수 있을 것이다.

　[완전하지는 않다.]

허주가 경고했다. 이성민도 그를 잊지는 않았다. 오슬라가 했던 말이기도 하다. 완전한 봉인은 불가능하다고. 어디까지나 급한 불을 끄는 개념이며, 봉인한 후에도 이성민은 계속해서 방법을 찾아야 한다.

봉인은 폭발해야 할 요성을 한계까지 찍어 누르는 것이고, 후에 봉인이 풀리게 될 때, 방법을 찾아두지 못한다면 그를 감당할 수 없을 것이다.

그를 알고, 이해하고 있었지만.

이성민은 사마련주의 가슴에서 나온 붉은빛의 구체를 향해 손을 뻗었다.

확실히, 이편이 훨씬 나았다. 인류을 저버렸다는 배덕감에서 완전히 자유롭지는 않았어도.

직접 심장을 뽑아 씹고, 피의 맛을 보는 것보다는 훨씬 낫다.

방식이 중요하다, 라는 오슬라의 말은 이해했다. 이 방식이 아닌 더 끔찍한 방식을 택했더라면, 가장 먼저 자기 자신에게 혐오감을 느꼈을 테니까.

즉각적인 변화는 없을 것이다.

이성민은 양손으로 사마련주의 힘을 감쌌다.

드래곤 하트를 먹었을 때에도 그랬다. 너무 큰 힘은, 이성민의 몸에 강한 부담을 준다. 그렇기에 검은 심장은 천천히, 이성민의 몸이 새로이 얻은 힘에 적응할 수 있도록 충분한 시간을 두어 새로운 힘을 적용한다.

그것은 인간의 몸뚱이에 검은 심장을 갖게 된 이성민과, 검은 심장을 기초로 하여 육체를 구성한 아이네와의 가장 큰 차이점이었다.

하지만, 먹게 된다면 여지를 갖게 된다.

사마련주도 몇 번이나 조언하고, 경고했었다. 이성민의 성장은 완전히 한계에 닿았다.

이성민은 데니르의 정신세계에서 도달한 무위에 완전히 도달하였고, 흑뢰번천을 익힘으로써 그 무위에서 몇 걸음 더 나아갔다.

하지만 여기까지다. 허주도 인정하였고, 사마련주도 경고했었다.

더 강해지는 것은 힘들다. 이보다 더 먼 길로, 더 높은 곳으로 나아가기 위해서는 범인을 아득히 초월한 어마어마한 천재성이 강요된다. 그 마찬가지의 노력과 천운이 필요하다.

노력이 있어도 재능이 부족하다면 안 된다. 그 둘을 모두 갖추어도 천운을 갖지 못한다면 나아갈 수가 없다.

무수히 많은 천재가 도전하여 극히 일부만이 초월지경에 닿고, 거기서 더 먼 곳으로 나아갈 수 있는 것은 소수의 천재 중에서 선택받은 몇몇뿐이다.

가장 먼 곳. 가장 높은 곳에 도달했던 사마련주의 힘을 계승하는 것은, 확실한 가능성을 손에 넣게 된다는 뜻이다.

더 이상 성장의 여지가 없는 이성민이 새로운 여지를 갖게 된다.

당장 큰 힘을 얻을 수 없다 하여도, 가능성을 갖게 되는 것만으로 충분하다.

그것을 얼마나 손에 넣을 수 있는가는 이성민에게 달린 일이다.

이성민은 심호흡을 하면서 양손으로 감싸 쥔 빛을 끌어당겼다.

드래곤 하트를 먹었을 때와 크게 다르지는 않았다.

맛 같은 것은 느껴지지 않았다.

몸 안에서 폭발이 일어났다.

쿠우우웅!

내장이 찢어지는 고통을 느끼며 이성민은 숨을 들이켰다. 여기서 무엇을 해야 하는지는 잘 알고 있었다.

이성민은 즉시 가부좌를 틀고 앉았다. 그리고 자하신공을 운용하기 시작했다. 자하신공에 섞인 흑뢰번천의 구결이 몸 안으로 들어온 거대한 힘을 인도하기 시작했다.

그것은 가로막는 모든 것을 부수고 지나가는 패도적인 힘이었다. 기혈이 모조리 찢기고 엉키는 기분이었다. 이윽고 도달한 단전은 사마련주의 힘을 온전히 담아내지 못했다.

쿠르르르릉……!

몸 안에서 느껴지는 벽력 소리는 단전이 박살 나는 소리였다.

끼이이…… 끼이이익…….

이명이 들린다. 날카로운 손톱으로 철판을 긁는 것 같은 불쾌한 소리였다.

온다.

경고한 것은 허주였다.

요력이 움직인다. 몸 안에서 꿈틀거리는 요력이 일제히 몸을 일으켰다.

콰아아아!

가부좌를 틀고 앉은 이성민에게서 자색의 기둥이 솟구쳤다. 높은 하늘까지 치솟은 요력은 숲을 휘감고 있는 오슬라의 결계와 충돌했다.

쿠르르릉!

요정의 숲을 보호하고 있던 결계가 통째로 뒤흔들린다. 결계에 막힌 요력은 사방으로 흩어지면서 이 근방을 자줏빛으로 물들였다.

"맙소사……!"

지켜보고 있던 스칼렛은 사방을 휘감는 요악스럽고 흉흉한 기운에 몸서리를 쳤다.

오슬라는 굳은 표정을 지으며 더욱 날개를 크게 펼치고는 조금 더 높이 날아올랐다.

오슬라가 활짝 펼친 양손을 움직이자 더욱 색이 진해지던 요력의 흐름이 억제되었다.

요력을 모조리 쏟아내는 중에서 이성민은 정신을 집중했다. 폭주한 요력이 그의 통제를 벗어났고, 무의식의 세계에서 요성이 기어 올라온다.

방식이 다르다고는 해도 결론을 본다면 지금 이성민은 스승을 포식하는 것이다.

그것은 이성민에게 많은 의미가 있는 행위였다. 이성민이 검은 심장을 갖게 되고, 몸뚱이가 요괴로 변이하여 요성이 폭주할 위험을 겪은 상태에서 처음으로 행하는.

같은 인간, 그것도 진심으로 존경하였던 스승을 먹는 인간 포식.

심리적인 요인뿐만이 아니라 그 변하지 않는 사실이 요성이 발작할 기회를 만들었다.

찍어 누른다. 이성민은 이를 악물었다.

날뛰는 요력은 오슬라가 통제했고 이성민은 무의식의 세계에서 기어 올라오는 요성의 멱살을 잡았다.

날카로운 이를 보이며 날뛰는 요괴의 얼굴은 이성민 자신의 것이었다.

네가 나올 때가 아니다. '내'가 해야 한다. 이성민은 마음 깊은 곳으로 그 말을 주문처럼 외었다.

꺄꺄꺄…… 머릿속에서 어린아이의 웃음소리가 들린다. 그때, 아이네와 공명했을 때처럼.

이건 대체 누구의 웃음소리일까. 아니, 알고 있다. 목소리가 다르고, 나이도 다르지만.

이건 내 웃음소리다.

오슬라에 의해 억눌린 요력이 이성민의 몸 안으로 되돌아갔다.

머릿속에서는 더 이상 웃음소리가 들리지 않는다. 사마련주의 힘은 더 이상 이성민의 몸 안을 박살 내지 않았다.

고통이 잦아든다. 의식이 붕 떠오른다. 흑뢰번천의 모든 구결이 이성민의 머릿속을 가득 채웠다.

사마련주의 기억. 그중에서 무공의 정수가 이성민의 머릿속으로 흘러들어왔다. 그것은 망각의 여지 없이 의식과 무의식 모든 곳에 깊이 새겨졌다.

아직 끝나지 않았다. 오슬라는 양손을 모아 이성민을 향해 내보였다.

투명한 빛의 결계가 이성민의 몸을 휘감았다. 그 속에서 이성민의 얼굴은 평온함을 가졌다.

흑뢰번천의 구결. 사마련주, 마황 양일천이 도달했던 인간으로서의 정점. 무공의 정수.

사마련주가 마지막 순간에, 이 유언장을 의식하고서 이성민에게 남겨주고, 전해주고 싶었던 모든 것이 이성민에게 계승되었다.

감은 눈을 떴을 때.

숲은 밤이었다.

이성민은 조용히 몸을 일으켰다. 오슬라가 봉인을 새겨 준 덕분에 요력은 폭주하지 않았다.

이성민은 몸 안을 관조해 보았다. 내력이 크게 늘기는 했으나 사마련주의 힘을 모조리 계승한 것치고는 변화가 적었다.

드래곤 하트를 먹었을 때와 마찬가지로, 이성민의 몸은 사마련주의 모든 것을 완전히 계승하여 즉각적으로 체득하지는 못했다.

그럴 것이라 알고 있었다. 충분했다. 여지를 갖게 된 것으로 만족할 수 있다. 사마련주는 최후의 순간에도 스승으로서, 이성민이 나아가야 할 방향을 제시해 주었다.

"……스승님은 어느 곳으로 간 겁니까?"

"그건…… 나도 몰라. 련주가 향한 곳은 이 세상이 아닌, 내가 관측할 수도 간섭할 수도 없는 곳이야. 진정한 의미의 초월 자를 더욱 초월하여, 절대의 영역에 닿을 수 있게 된 존재들이 향하는 길이지."

이성민의 머릿속에서 허주는 조용히 오슬라의 말을 들었다.

절대의 영역. 그 길.

허주도 그 길을 갈 수 있었다. 이성민을 두고 가는 것이 염 려되어 가지 않았을 뿐이지.

지금도 그는, 마음만 먹는다면 언제고 그 길을 걸을 수 있음 을 알고 있었다.

'아직은 안 된다.'

아직 이성민을 두고 갈 수는 없었다.

"이제 어쩌실 생각이십니까."

예화가 작은 목소리로 물었다. 그 질문에 이성민은 사마련주 의 시체를 내려 보았다. 잠깐의 침묵 뒤에, 이성민이 대답했다.

"스승님은 이 숲에 묻히기를 원하셨습니다."

"사마련은…… 어쩌하시겠습니까?"

"나는 그릇이 못 됩니다."

머리를 가로저으면서 대답했다.

사마련주가 유언장에 적었던 것처럼. 이성민은 자기 자신이 사마련이라는 거대한 조직을 이끌 그릇이 되지 못한다는 것 을 잘 알고 있었다.

또한, 사마련이라는 조직을 유지해 보았자 그들을 효율적으로 다루고 이용하는 것이 힘들다는 것도 알고 있었다.

"사마련을 해체하고, 사마련에 소속된 모든 문파에게 당분간 봉문할 것을 명할 생각입니다."

"반발이 클 겁니다."

"강요할 생각은 없습니다. 싫다 한다면 봉문하지 않으면 되는 겁니다. ……스승님이 죽은 이상 사마련은 더 이상 방패막이가 되지 못합니다. 내가 스승님의 역할을 대신하기에도 부족하고."

사마련주의 죽음이 향후 어떤 변화를 가져올지는 모르겠다.

어쩌면 무신이 적극적으로 나서서 사마련을 완전히 짓밟으려 들지도 모른다. 사마련주도 그렇게 될지 모른다는 것쯤은 알고 있었을 것이다.

그럼에도, 사마련주는 유언장을 통해 선택을 이성민에게 맡겼다.

"스승님이 지키고 싶었던 것은 사마련이 아닙니다. 사마련 안에 있던 예화. 당신을 비롯한 스승님의 친위대였지요."

"하지만……."

"스승님의 유언을 따라 주십시오."

그 말에 예화는 붉게 충혈된 눈을 꾹 감았다. 그녀는 천천히 머리를 숙이며 말했다.

"……저희가 도움이 될 수도 있을 겁니다."

예화가 떨리는 목소리로 말을 이어나갔다.

"저를 비롯한, 주군이 직접 거두신 친위대들은…… 모두 머릿속에 주군과 연결된 단말을 가지고 있었습니다. 대부분은 사마련의 분타주를 맡아 사마련을 통제해 왔지요."

이성민은 사마련주와의 첫 인연을 떠올렸다. 대도시 루베스에서, 사마련의 분타주를 맡고 있던 관후.

그의 머릿속에 심어진 단말을 통해 사마련주는 이성민과 처음으로 이야기를 나누었었다.

예화의 말을 보건대, 당시 사마련주의 단말이 되었던 관후 역시 친위대원 중 하나였던 모양이다.

"무력적으로 부족하다는 것은 압니다. 저희 중에서 초월지경의 고수는 하나도 없으니까요. 하지만 저희가 가진 정보력과 머릿수는……."

"괜찮습니다."

이성민은 더 이상 예화의 말을 듣지 않았다.

"스승님은 당신들의 목숨을 거두셨고, 그 목숨을 어찌 사용할지 이미 유언장에 적으셨습니다. 예화. 당신과…… 당신과 같은, 스승님께 은혜를 입은 친위대원들은. 유언에 맞게 행동해야 합니다. 제가 그렇게 하듯이."

작은 목소리였지만 이성민의 목소리에는 거절을 듣지 않겠다는 단호함이 있었다.

예화는 더 이상 반론하지 못하고 머리를 깊이 숙였다.

이성민은 머릿속에 새겨진 흑뢰번천과 사마련주의 깨달음을 떠올리며 잠깐 생각에 잠겼다.

'폭주는 하지 않았어. 하지만…… 불완전한 봉인이다. 언제 터질지 몰라.'

지금으로써는 터지게 되었을 때를 감당하지 못한다.

'환골탈태도 하지 못했다.'

사마련주가 말했었다. 자신과 다른 초월지경의 가장 큰 차이는 또 한 번의 환골탈태라고.

몸 전체가 단전이 되었기 때문에 그 어떤 무공보다 빠르게 펼칠 수 있다고.

그 위력은 무신과의 싸움을 통해 증명되었다. 무신도 어마어마하게 강하기는 했지만, 사마련주보다는 밑이었다.

"어쩔 셈이야?"

"스칼렛 님은 어쩌실 겁니까?"

스칼렛의 질문에, 이성민은 그렇게 반문했다.

"나는 너랑 함께 가야지."

"저랑 함께 다니는 것이 더 위험할 겁니다."

"네가 외로워할 것 같아서 그래."

스칼렛이 피식 웃으며 말했다.

"······일주일."

이성민은 멍한 눈으로 하늘을 올려 보았다.

"그 정도 시간이 필요할 것 같습니다. 세상에 어떤 소문이 퍼질지도 궁금하고. 일주일이라는 시간 동안 남쪽에서 어떤 일이 벌어질지도 봐둬야 할 것 같습니다. 무신이 어떤 행동을 보일지. 흑룡협과······ 창왕이 어떻게 되었는지도."

그리고.

"생각을 정리해야 할 것 같습니다."

이성민은 관자놀이를 꾹 누르며 중얼거렸다.

"너무 많은 것이 들어와서, 머리가 터질 것만 같아요."

사마련주의 시체는 숲 중앙의 자그마한 호수 근처의 꽃밭에 뉘어졌다.

하나둘 모여든 자그마한 요정들은, 몇 송이의 꽃들을 품 안 가득 끌어안고 있었다. 훌쩍거리며 우는 요정들이 사마련주의 시체 위에 꽃을 내려놓았다.

그 곁에서 예화는 무릎을 꿇고 앉아 있었다. 머리를 푹 숙인 그녀는 하도 울어 눈물이 더 나올 것 같지 않았지만, 아직도 울고 있었다.

이성민은 그런 예화의 곁에 서 있었다. 그는 멍한 눈으로 사마련주의 시체를 내려 보았다.

[호상이라고 좋아해야 하나?]

'아니.'

투덜거리는 허주의 말에 이성민은 마음속으로 대답했다.

요정들은 많았고, 그만큼의 꽃송이가 사마련주의 몸을 가득 덮었다.

마지막으로 꽃을 가지고 온 것은 여왕인 오슬라였다. 그녀는 꽃을 엮어 만든 화관을 사마련주의 머리에 씌워 주었다.

"썩게 두는 것은 조금 그렇잖아."

오슬라가 중얼거렸다.

"썩지 않게, 계속, 여기에 있게 해줄게. 련주는 이 숲과 꽃밭을 좋아했거든."

"……감사합니다."

"감사할 필요는 없어. 련주가 바랐던 것이고, 내가 하고 싶은 것이니까."

오슬라는 숙였던 몸을 일으켰다.

화관을 쓴 사마련주의 시체는 꽃으로 만든 이불을 덮고 있는 것처럼 보였다.

주변에는 꽃이 가득했고, 호수는 빛을 받아 반짝였다.

흑.

예화가 울음을 삼켰다.

그녀는 비틀거리며 몸을 일으켰다. 그리고서는 사마련주의 시체를 향해 연거푸 절을 했다.

"……너무…… 어려운 말을 남기셨습니다."

오래오래, 아주 잘.

사마련주는 예화를 비롯한 친위대원들에게 그런 유언을 남겼다.

그것은 예화에게 있어서는 죽으라고 하는 것보다 더 힘들고 어려운 말이었다. 하지만 지켜야 한다. 사마련주가 남긴 마지막 말이었으니까.

일주일.

그 정도 시간이 지난 뒤에, 이 숲을 나가기로 했다. 우선은 사마련주와 그리 하기로 했던 것처럼 무당에 가 볼 생각이었다.

아직까지 남쪽에서는 아무 일도 일어나지 않았다.

김종현과 볼란데르는 아직까지 남쪽에서의 재앙이라 할 만한 행동은 그 무엇도 하지 않았다.

'죽지 않아도 되었는데.'

이성민은 무릎을 끌어안고서 생각했다.

'당신이 바라였던 죽음이라고 해도.'

그로 인한 상실감을 느껴야 하는 것은 남겨진 자들의 몫이다. 광천마의 죽음이 그러했듯, 사마련주의 죽음 역시 이성민에게 많은 상실감을 느끼게 만들었다.

분노보다 훨씬 큰 상실감이 이성민을 낙담하게 만들었다. 아무엇도 하지 못한 것이 후회스럽다. 이미 지난 일이라고 해도.

'부족한 거야.'

사마련주는 죽었다. 그것은 아무리 발악해 봐야 바꿀 수 없는 사실이다. 이성민은 천천히 몸을 일으켰다.

그는 단전에서 느껴지는 사마련주의 내공을 의식했다.

그것은 이제 사마련주의 것이 아닌 이성민의 것이었다.

그 순간.

사마련주가 죽음을 맞는 순간에 아무것도 하지 못했다.

지금부터는, 앞으로는. 이성민은 손에 들고 있던 꽃 한 송이를 사마련주의 가슴 위에 올려놓았다.

그러고는 몇 걸음 뒤로 물러서서, 사마련주의 시체를 향해 절을 올렸다.

사마련주는 죽었다.

그 사실에 절망해서는 안 된다.

이성민은 그 생각을 가슴 깊이 새겼다.

예화는 숲을 떠났다.

다른 친위대원들을 찾아 사마련주의 죽음과 그의 유언을 알려야 했기 때문이다.

스칼렛은 떠나지 않았다. 어디를 가든 위험할 것 같다는 생각과 기왕 위험을 겪어야만 한다면 이성민의 보호를 받을 수 있는 곁이 낫다는 것이 그 이유였다.

"혼자 여행하는 것은 외롭잖아."

스칼렛이 중얼거렸다.

"게다가 이런…… 일도 겪었으니까."

"괜찮습니다."

이성민은 흐릿한 미소를 지으며 대답했다. 억지로 짓는 미소였다.

"누군가를 잃는 것은 처음이 아니거든요."

"그렇다고 익숙함을 느껴서는 안 되는 거야."

스칼렛은 금색으로 물든 이성민의 두 눈을 물끄러미 보았다. 원래 알지 못했던 일들을, 이제는 모두 안다.

"네가 한 번의 죽음을 겪었다고 해도. 곁에 있던, 마음을 준 이들을 잃는 경험을 겪었다고 해도. 그래도…… 익숙해져서는 안 돼. 그건 망가지는 거니까."

"괜찮습니다."

"괜찮아서는 안 돼."

스칼렛은 그렇게 말하며 머리를 가로저었다.

"많이 슬퍼하고, 많이 울고. 천천히…… 서두르지 않고 아물어야 하는 거야. 너, 괴물이 되고 싶지는 않다며."

"……예."

"내가 보기에, 너는 굉장히 불안해 보여."

그 말에 이성민의 어깨가 움찔 떨렸다.

"너무 많은 것들이 너를 강제하고 있어. 너 스스로도 강박적으로 자기 자신을 억압하는 것 같고. 이해는 해. 너는 평범한 경험을 하지 않았으니까. 그래도…… 응. 너무 자기 자신을 통제하지는 마."

물론. 스칼렛은 쓰게 웃으면서 덧붙였다.

"이렇게 말하는 내가 너를 완전히 이해하고, 네가 어떤 기분인지 알고 있는 것은 아니지만 말이야. 그래도…… 혼자면 외롭잖아. 정도 있고 인연도 있어. 그래서 널 혼자 두고 싶지 않아. 솔직하게 이게 전부야. 그러니까…… 이건, 동정심이지. 괜찮아?"

"뭐가 괜찮냐는 겁니까?"

"널 동정하는 것 말이야."

"안 될 것은 없지요."

이성민은 큭큭 웃었다.

[맞는 말이야.]

허주가 말을 걸었다.

[인륜을 어기는 것만이 인간성을 망가뜨리고 괴물로 만드는 것은 아니지. 자기 혐오에 빠지지는 마라. 특히, 절망해서는 안 돼.]

허주가 그를 강조하며 말했다. 봉인은 완전한 것이 아니다. 억지로 억눌러 놓은 것이기 때문에, 나중에 터지게 된다면 돌이킬 수가 없게 된다. 즉, 이성민은 자신의 몸 안에 언제 터질지 모르는 거대한 폭탄을 가지고 있는 것이다.

'알아.'

이성민은 두 눈을 감으며 생각했다.

일주일이 흘렀다. 이성민은 네블을 통해 북쪽에서의 소문을 알아보았으나, 그에 관한 소문은 거의 없었다.

사마련주와 무신이 격돌했던 곳은 제니엘라와 주원의 영역이다.

그들이 소문을 흘리지 않은 이상, 그 설원에서 있었던 신화적인 싸움에 대해서는 알려지지 않게 된다.

무신은 어떻게 되었을까. 흑룡협은? 창왕은? 그에 대한 의문이 진하였으나, 알아볼 방법은 없었다.

셋이 죽었을 것 같지는 않았다. 특히 무신의 죽음은 상상이 안 된다.

한쪽 팔을 잃었다고는 하나 그는 나름대로 건재해 보였고, 창왕과 흑룡협이 강하다고 해도 무신을 죽일 정도는 아닐 것 같았다.

'도망쳤나.'

도망쳤기를. 이성민은 진심으로 그런 바람을 가졌다. 마지막 순간에…… 흑룡협과 창왕은 이성민 일행이 무사히 도망칠 수 있도록 몸을 던져 주었다.

창왕의 행동은 어느 정도 납득이 간다. 이성민이 겪고 느낀 창왕은 골수까지 무인인 인물이었다.

그런 그가 사마련주를 합공하는 무신의 행동에 경멸감을 가지고, 사마련주의 제자인 이성민을 구하기 위해 시간을 끌고자 한 것은 이해하기 어려운 행동은 아니다.

하지만 흑룡협은? 사마련주는 최후의 순간에 맹세를 없던 것으로 했다.

사마련주가 죽은 시점에 흑룡협은 자유였다. 그가 비록 무신을 한 번 배신했다고 해도, 그 순간에 흑룡협이 이성민을 무신에게 바쳤더라면 무신은 흑룡협을 용서했을 것이다.

흑룡협은 그렇게 행동하지 않았다. 오히려 그는 정면으로 무신에게 대항했다.

"죽지는 않았겠지?"

"도망쳤을 겁니다."

스칼렛이 중얼거리자, 이성민은 머리를 가로저으며 대답했다. 다시 만날 수 있을 것이다.

목숨을 부지했고, 다시 만나고자 한다면. 이성민도 개인적으로 흑룡협과 다시 만났으면 좋겠다고 생각하고 있었다.

여러 가지로 그를 의심하고 거리를 두기는 하였으나, 흑룡협의 도움으로 도망칠 수 있었다는 것은 사실이니까.

이성민은 요정마를 소환했다. 본래는 앞으로 한 번밖에 탈 수 없는 것이었지만, 오슬라가 그러한 제약을 없게 만들어주었다.

사마련주의 죽음이 그녀의 심경에 어떤 변화를 만든 것인지.

아니면 이성민에게 우호적이라 말했던 오슬라가 완전히 입장을 정한 것인지는 모르겠으나. 요정마를 자유롭게 탈 수 있다는 것은 에리아의 넓은 땅덩이를 여행해야 할 이성민에게 있어서 많은 자유를 주는 것이었다.

"감사합니다."

이성민은 마중을 나온 오슬라를 향해 꾸벅 머리를 숙였다. 오슬라는 희미한 미소를 지었다.

"이거 하나는 약속해 줘."

"무슨 약속 말입니까?"

"절망하지 않겠다고."

스칼렛과 허주가 말했던 것을, 오슬라도 똑같이 말했다.

"련주도 그것을 바라고 있을 테니까."

"절망하지 않을 겁니다."

이성민은 쓰게 웃으며 답했다.

"괴물이 되고 싶지 않으니까요."

이성민은 그렇게 말하고서 요정마를 소환했다. 요정마를 자유롭게 탈 수 있게 된 덕에 더 많은 시간적 여유를 갖게 되었다.

"난, 솔직히 이거 타는 거 별로 기분 좋지는 않아."

"저도 마찬가지입니다."

스칼렛의 투덜거림에 답하면서, 이성민은 요정마에 올라탔다. 그는 검선의 이기어검에 쫓겼던 평야를 떠올렸다.

가고자 하는 곳을 전해 들은 요정마가 가볍게 투레질을 시작했다.

요정마가 붕 떠올랐을 때.

이성민은 자신의 허리를 안고 있는 스칼렛의 손을 잡았다.

스칼렛이 반응하기도 전이었다.

이성민은 스칼렛의 몸을 붕 띄워 요정마에게서 밀쳤다. 공중에 떠오르고 나서야 스칼렛의 눈이 크게 떠졌다.

"이……."

스칼렛이 뭐라 외치려 할 때. 이성민은 머리를 가로저었다.

쉭!

요정마가 공간을 뛰어넘었다.

　쿠르르릉······.
　공간이 무너져 내린다. 그 정중앙에 선 위지호연은 심드렁
한 눈으로 앞을 보았다.
　처참한 형태로 짓이겨진 시체는 인간이 아닌 괴물의 것이었다.
　이 '던전'의 마지막을 지키고 있던 보스 몬스터는 강하기는
했으나, 위지호연의 상대는 아니었다.
　이번에도 똑같은 말을 들었다.
　패왕의 운명. 위지호연은 낮은 웃음을 흘렸다. 몇 번이고 들
었다. 정말로, 몇 번이고.
　휴잴 산맥에서 마령을 만난 후, 위지호연은 계속해서 세상
을 떠돌고 있었다. 마령은 위지호연에게 이 세상의 모든 던전
의 위치를 알려 주었다.
　위지호연은 마령이 전해 준 정보를 토대로 던전을 떠돌고 있
었다.
　이번이 다섯 번째다.
　위지호연은 무너지는 공간과 보스 몬스터의 시체를 지났다.
흩어지는 시체는 무수한 빛이 되어 위지호연을 통해 흘러들어

왔다.

다섯 번, 아니, 예전에 이성민과 만났던 던전까지 더한다면 여섯 번.

위지호연은 벌써 보스 몬스터 여섯의 힘을 흡수했다.

사실 그들의 힘은, 위지호연에게 있어서 큰 도움은 되지 않았다. 내력이 늘어난다고 해서 더 높은 경지로 갈 수 있다는 것이 아니라는 것을 위지호연은 잘 알고 있었다.

그렇다면 던전에서 얻을 수 있는 상식에 어긋난 물건들이 그녀에게 도움이 되는가? 꼭 그런 것은 아니다. 값나가는 보물? 그것 역시, 위지호연이 욕심을 내거나 시간을 굳이 할애해 가며 얻을 만한 것은 아니다.

그럼에도 이 작업은 필요하다. 마령은 위지호연에게 많은 것을 알려 주었다.

패왕의 운명. 패왕이 되어야 한다는 것이 무슨 뜻인지. 부조리할 정도의 재능이 무엇을 위한 것인지. 던전은 무엇이며, 던전의 보스 몬스터를 쓰러뜨린다는 게 어떤 의미를 가지는 것이고, 후에 그것이 어떻게 작용할 것인지.

'아직은 부족해.'

위지호연은 마지막 문을 열고 들어갔다. 수북이 쌓인 금화와 보석은 그녀의 시선을 끌지 않았다.

그렇다고 무시하지는 않았다. 던전 밖으로 나갈 수 있는 문을 향해 걸어가면서, 위지호연은 흑룡포를 사용해 방 안 가득한 보물들을 끌어왔다.

그것을 모조리 아공간 포켓에 담은 뒤에 위지호연은 문을 지났다.

던전의 밖은 이미 밤이었다. 그리 피로함은 없었지만, 위지호연은 쭉 기지개를 켰다.

이번에도 쉽게, 어렵지 않게. 던전의 하나를 소멸시켰다.

이제 몇 개가 남았지? 위지호연은 머릿속으로 남은 던전의 숫자를 헤아려 보았다. 그러면서 이곳에서 가장 가까운, 다른 던전을 떠올렸다.

본래는 개방되지 않았어야 할 던전이다. 하지만 던전이 개방되지 않았다고 해도, 위지호연은 던전에 출입할 수 있다.

'너는 지금 무엇을 하고 있을까.'

위지호연은 그쪽 방향으로 몸을 돌리며 이성민을 떠올렸다.

요정의 숲을 나오고, 헤어지게 되었을 때만 해도…… 이별은 그리 길지 않을 것이라 여겼다. 볼일이 끝난다면 바로 만나러 갈 수 있을 것이라 여겼다.

하지만, 너무 길어지고 있다. 길 수밖에 없었다. 그렇다고 이 귀찮은 일들을 하지 않을 수도 없었다.

위지호연의 행동은 위지호연을 위한 것이 아니었다.

이성민을 위해서였다.

"패왕이라."

위지호연은 작은 목소리로 중얼거렸다.

긴 부유감이 끝났다. 요정마에서 내린 뒤에, 이성민은 주변을 둘러보았다.

이곳은 네로드 근처의 평야. 이성민이 암존을 죽이고 하라스로 돌아가던 도중, 검선의 이기어검에게 쫓겼던 장소다.

[왜 마지막에 그 여자를 두고 온 것이냐?]

"위험하니까."

[검선 때문인가?]

허주가 낄낄 웃으며 물었다. 대답은 필요 없었다.

어차피 이성민의 마음은 허주도 잘 알고 있었으니까. 아득한 거리를 무시하고 날아오는 검선의 이기어검은 위협적이다.

그를 감안하면서도 무당으로 향하려 했던 것은, 검선이 적대적으로 나온다고 해도 그를 막아줄 사마련주가 있었기 때문이다.

하지만 지금은 사마련주가 없다.

검선이 작정하고 이기어검을 날린다면 그것을 막아낼 수단

이 없다.

그래서 스칼렛을 두고 온 것이다. 검선의 이기이검이 이쪽을 노릴 때, 이성민은 자기 자신이 아닌 스칼렛을 안전하게 보호할 자신이 없었다.

지금도 이성민은 감각을 날카롭게 세워 이기어검이 다가오는 것이 아닌가를 경계했다.

'이 거리는 검선의 사정거리 안이다.'

이 평야에서 한참을 쫓겼으니 잘 알고 있다. 그래서 경계하고 있지만…… 시간이 꽤 흘렀음에도 이기어검은 오지 않는다. 검선이 눈치채지 못한 것일까? 하긴, 아무리 뛰어나다고 해도 검선 역시 인간이다.

무당에서 이곳까지의 거리는 결코 가깝지 않다. 검선이라해도 이 정도 거리에 있는 것을 감지하는 것은 불가능할지도 모른다.

[나중에 원망을 들을 거야.]

'그럴지도 모르지.'

마지막에 당황하여 크게 떴던 스칼렛의 눈을 떠올린다.

너를 동정하는 것이라고 했던 말.

타인을 상실하는 슬픔에 무감각해진다면 망가지는 것이라고 했던 말도. 이성민은 숨을 삼켰다.

[너는 예전부터 망가져 있었어.]

허주가 웃는 목소리로 말했다.

[멀쩡한 척하지만…… 네놈의 정신은 참 이상해. 그리고, 네 정신은 굉장히 불안정하지. 인외성 때문일지도 모르겠지만.]

'그런가?'

[의식하고 있는 편이 좋을 것이다. 나 자신이 멀쩡하지 않다는 것을 말이야. 그런 최소한의 자각을 가지고 있어야 해.]

'하기 싫어도 네 덕분에 계속해서 자각하고 있어.'

[다 네놈을 위해서 하는 말이다.]

'내가 돌아버릴까 봐 걱정인가?'

[걱정이지. 약속도 하지 않았느냐. 네가 돌아버리고 스스로를 통제할 수 없게 되었을 때, 이 어르신이 직접 나서서 너를 막아주겠노라고. 그러한 날이 오지 않았으면 좋겠군.]

"나도 그래."

이성민은 아공간 포켓에서 창을 꺼내며 중얼거렸다. 당연히, 이성민은 그런 날이 오지 않기를 바라였다.

만약 그런 날이 온다면 제법 오랫동안 대화를 나눠 온 허주와도 완전한 이별을 맞게 될 테니까. 그런 일은…… 바라지 않았다.

[왜. 막 눈물 날 것 같고 그러냐?]

"닥쳐."

한마디 욕을 내뱉어준 뒤에, 이성민은 꺼낸 창을 비껴 맨 뒤에 먼 곳에 있는 산을 보았다.

무당에 같이 가기로 했었는데. 사마련주의 말을 떠올리면서, 이성민은 경공을 펼쳤다.

경계를 줄이지는 않았다. 아주 자그마한 위험성이라도 놓치지 않도록 감각에 날을 세웠다.

하지만 거리가 계속 줄어듦에도 검선의 위협은 없었다. 아직 눈치채지 못한 것일까? 이렇게 아무 일 없이, 너무 평탄하게만 오게 되니 오히려 더 신경이 쓰였다.

쉬지 않고 달린 덕에 무당산이 목전이었다. 이성민은 걸음을 멈추었다.

이대로 올라가도 되는 걸까.

[안 올라갈 수도 없잖냐.]

그것도 그렇다. 이성민은 산을 오르기 시작했다. 산세는 거칠었지만 이성민에게 있어서는 평지를 달리는 것과 큰 차이가 없었다.

무당에 직접 오는 것은 처음이었다. 무당은 워낙에 유명한 무림 문파라 직접 와본 적은 없어도 알려진 것은 많았다. 해검지, 무당의 검법, 진법 등.

무당의 전대 장문인인 검선이 거하고 있는 곳은 해검지를 한참이나 지나, 무당의 건물들 뒤에 있는 이 산의 가장 높은 봉우리다.

같은 무당파 무인들에게 있어서도 검선이 거하는 봉우리는 금지이자 성역과 같은 곳이다. 그를 정면으로 침입한다는 것은 무당에 대한 도전이다.

무당과 싸우게 되는 것은 이성민이 바라는 일은 아니었다. 그렇다고 정중함을 보여 미리 약속을 잡고 만나러 갈 수도 없는 노릇 아닌가.

일단 이곳까지 왔으니 올라오기는 했다만, 검선이 있는 봉우리까지 직행하는 것은 고민스러운 일이었다.

사마련주라면 어떻게 했을까.

[비교하지 마라.]

자연스레 떠오르는 생각에, 허주가 쏘아붙였다.

[너는 너고 사마련주는 사마련주다. 네 스승은 죽었고, 너는 스승의 힘을 계승했지. 그렇다고 해서 네가 사마련주와 같은 인물이 되기를 바라는 것은 우스운 일이다.]

'왜 우습지?'

[너는 너니까.]

다시 한번, 허주는 그 말에 힘을 주었다.

[안 맞는 옷인 것이다. 애초에 네 성향은 사마련주와는 너무나도 달라. 너는 쓸데없이 생각이 많고, 고민이 많다. 충분한 힘을 가지고 있으면서도 자신감이 부족하지. 뭐 그건 어쩔 수 없다 생각한다. 너는 분명…… 무공을 익힌 놈 중에서 손에 꼽

힐 만큼 강한데. 네가 적으로 돌린 놈들은 대부분 너보다 강했으니까.]

재수 없게도 말이야. 허주가 투덜거렸다.

[어찌 되었든, 너 자신을 사마련주와 비교하는 것은 그만둬라.]

'닮고 싶어 하는 것뿐이야.'

[닮고 싶어 하기는 개뿔이. 지금도 봐라. 사마련주라면 어떻게 했을까? 그런 쓸잘데기없는 생각으로 자기 자신을 비교하고 있잖느냐. 그런 병신 같은 생각은 결국 자학을 만든다. 너는 사마련주보다 못한 인물이니까.]

맞는 말이라고 생각하기는 했지만, 허주의 그런 말은 묵직하게 들어오는 언어의 폭력 자체였다. 이성민은 헛기침을 하면서 허주의 말을 받아넘겼다.

결국 이성민은 다시 위로 오를 수밖에 없었다. 사마련주라면 어떻게 했을까, 가 아니라. 오를 수밖에 없었으니까.

해검지를 정면으로 가로지르지는 않았다. 활짝 열린 감각은 해검지 근처에서 보초를 서고 있는 무당 도인들의 존재를 확실하게 감지했다.

산세는 험했고, 길이 아니어도 가고자 한다면 길 아닌 길은 얼마든지 있었다. 가장 높은 봉우리는 찾는 것이 쉬웠다.

이성민의 걸음이 멈추었다.

이미 해는 옛적에 저물었고 달은 높은 곳에 있었다. 멀리서 보이는 무당의 불빛에 시선을 주지는 않았다. 이성민은 어둠 속을 응시했다.

[뭐가 있군.]

허주의 중얼거림에 이성민은 살짝 머리를 끄덕거렸다.

창을 뽑지는 않았다. 굳이 뽑을 필요도 없거니와, 괜히 적대감을 미리부터 보여줄 필요는 없다 여겼다.

이성민은 우두커니 서서 어둠 속을 응시했다. 조금의 침묵 끝에 나무 뒤에서 누군가가 걸어 나왔다.

청색 무복의 청년이었다. 길쭉한 목검을 허리에 걸었으나, 그는 목검 쪽을 만지지는 않았다.

이성민이 적의를 보이지 않았듯이, 그도 양손을 들어 보이며 보다 앞쪽으로 걸어 나왔다.

"누구십니까?"

이성민의 질문에 청년은 들었던 손을 아래로 내리며 대답했다.

"청명이라고 합니다."

먼 기억 속에서 들었던 이름이었다. 소림의 지학, 개방의 취걸, 무당의 청명.

이 셋이 후기지수 중에서 가장 뛰어나다고. 이성민의 눈이 살짝 뜨였다.

청명은 잠깐 이성민의 얼굴을 응시하다가 몸을 돌렸다.

"오십시오. 스승님께서 기다리고 계십니다."

청명은 검선의 직전제자다. 나이는 지학이나 취걸과 비슷할 텐데…… 청명에게서 느껴지는 기도는 그 둘과 비교가 되지 않았다.

초월지경.

이성민은 청명의 성취에 감탄했다.

천외천의 육존자와 흑룡협을 제외하고, 정파 무림에서 초월 지경에 든 고수는 검선밖에 없다고 생각했었는데.

무당 밖으로 나가지 않아 베일에 싸여 있던 청명이 초월지경의 고수일 것이라고는 생각해 본 적이 없었다.

[하지만 이상할 것은 없지.]

허주가 중얼거린 대로였다. 부조리할 정도의 재능을 가진 위지호연도 자력으로 초월지경의 벽을 돌파했다.

이성민도 검은 심장과 므쉬, 데니르의 시련을 거치면서 초월지경에 닿았다.

검선이 직접 제자로 삼을 정도라면 청명 역시 천재라고 하기에 충분한 인물일 터.

게다가 무당 제일의 고수인 검선이 직전제자로서 쭉 무공을 가르쳤다.

자질도 충분하고, 환경도 과할 정도로 갖추어져 있다. 거기에 노력과 운까지 따른다면 초월지경이 되는 것도 불합리한 일은 아니다.

'부조리해.'

청명의 뒤를 따르면서, 이성민은 못내 그런 생각을 했다. 끝내 초월지경에 닿지 못하고 죽은 광천마가 떠오른 탓이었다.

자질, 환경, 노력…… 그리고 운. 광천마에게 부족한 것은 무엇이었을까.

"아무것도 묻지 않으시는군요."

앞서 걷고 있던 청명이 그렇게 묻는다. 이성민은 청명의 뒤를 따르며 대답했다.

"검선께서 직접 기다리고 있는데, 또 무엇을 물어야 합니까?"

"스승님을 믿으십니까?"

"검선 정도의 위인이 나 따위를 함정에 밀어 넣기 위해서 제자를 보냈다는 생각은 들지 않습니다."

그 말에 청명이 낮은 웃음을 터뜨렸다.

"귀창이라는 별호. 무당을 나간 적은 없었어도, 여러 번 들었습니다."

"꽤 유명하니까요. 저도 당신의 이름은 들어 보았습니다. 무당 후기지수 중에 제일이라던데."

그 말에 청명은 웃기만 할 뿐 긍정도 부정도 하지 않았다.

"이곳에는 많은 손님이 와 있습니다."

"누구입니까?"

"소림의 지학과 남궁세가의 검룡. 마법사 길드장과 금색 마탑주."

아벨과 로이드가 와 있을 것이라는 생각은 했었다. 하지만 지학과 검룡이 와 있다는 것에 이성민은 놀란 표정을 지었다.

"……다른 사람은 없습니까?"

넷으로 끝인가? 이성민은 백소고를 떠올렸다. 사마련에서 헤어졌던 백소고를. 그녀는 떠나기 전 남긴 서찰에서, 무당으로 갈 것이라고 적었었다.

그 후로 많은 시간이 흘렀으니, 백소고가 무당에 오기에는 충분한 시간이었다.

"없습니다."

청명이 대답했다. 시간적으로는 충분했을 터인데. 소림에 들러서 다른 곳으로 갔던 것일까?

이성민은 의아함을 느끼기는 했지만 더 이상 묻지는 않았다.

청명의 걸음이 멈추었다. 절벽의 끄트머리에 자그마한 도관이 세워져 있었다.

"스승님은 안에 계십니다."

청명은 몸을 돌리고서 이성민에게 꾸벅 머리를 숙였다. 이성민은 마주 인사를 해 준 뒤에 도관으로 다가갔다.

안에서 인기척이 느껴진다. 이성민은 조금 긴장하여 식은땀으로 젖은 손을 쥐었다 폈다.

혹시 모르는 일이니, 도망칠 길은 봐 둔다. 요정마를 자유롭게 탈 수 있는 이상 검선에게서 도망치는 것은 크게 어려운 일은 아닐 것이다.

"만족했더냐?"

도관의 문을 열었을 때. 안쪽에서 그런 말이 들려왔다.

끼이익.

열고 들어온 문을 닫는다. 이성민은 한 번 심호흡을 한 뒤에 입을 열었다.

"무슨 말씀이십니까?"

"일천이 말이다."

웃음기 없는 목소리였다. 이성민은 검선이 부른 이름에 움찔 굳었다.

북쪽에서 있었던 싸움에 대해서는 소문이 나지 않았다. 하지만 검선의 말은, 마치 사마련주에게 무슨 일이 일어났는지를 아는 듯했다.

"……알고 계셨습니까?"

"노부가 그나마 가지고 있는 취미 중 하나가 하늘의 별을 보는 것이다."

검선이 끌끌거리며 웃었다.

"일주일 전에 큰 별이 저무는 것을 보았지. 주먹구구식으로 익힌 재주이다만, 가끔 용하게 맞고는 해. ……양일천. 만족하고 갔느냐?"

"……예."

"다행이군. 소속도 다르고 사상도 다르기는 했지만, 노부는 그 친구가 그리 싫지는 않았어. 그 정도 경지에 이른 이라면 누가 되었든 인정할 수밖에 없는 것이지."

이성민은 흔들리는 촛불의 빛을 향해 걸었다. 촛불을 앞두고서 검선은 등을 돌리고 앉아 있었다.

"일천이. 왜 죽은 것이냐?"

"……무신과의 싸움에서."

"무신이 일천이보다 강했느냐?"

"아닙니다."

이성민은 주저 없이 대답했다.

"그런데 왜 일천이가 죽은 것이냐?"

"……월후가 개입했습니다."

"월후가 그렇게 강했나?"

"……이상한 싸움이었습니다. 스승님은 분명히, 월후와 무신을 합한 것보다 강했습니다. 그런데……."

"그렇군."

등을 돌리고 앉은 검선이 껄껄 웃었다.

"일천이는 그곳에서 죽었어야 했던 모양이야."

그 말에 이성민의 표정이 굳었다.

감정의 동요를 누르기가 힘들었다. 하지만 상대는 검선이다. 불쾌하다고 하여 그것을 발작시킬 만한 상대가 아니다.

검선이 천천히 몸을 일으켰다.

"왜 이곳에 왔느냐?"

"스승님께서 무당에 가고자 하였기에."

"네 스승의 유지를 따라 이곳에 왔다? 너무 오만하지 않느냐. 참 신기하게도, 너는 그때…… 노부의 이기어검을 피해 도망치던 때보다 수준이 높아졌다만. 그렇다고 하여 노부의 검을 피할 정도는 아니야."

"도망칠 자신은 있었습니다."

"해보겠느냐?"

"그리하겠다 나설 마음은 없습니다."

이성민의 대답에 검선이 큰 소리로 웃었다.

검선이 몸을 돌린다. 젊은 외모를 유지하고 있는 무신과 사마련주와는 다르게, 검선은 스스로 노부라 칭하는 것에 어울리는 노인의 모습이었다.

"아가야."

검선이 주름진 얼굴에 미소를 그렸다.

"노부가 무슨 생각을 하는 줄 아느냐?"

"……모르겠습니다."

"너를 벨지 말지, 생각하고 있단다."

검선에게 검은 없었다.

그러나 이성민은 검 끝이 자신을 노리는 것을 느꼈다. 공간의 일렁거림은 없다. 아무 징조도 없는, 일방적인 예기(銳氣)만이 이성민을 노리고 있었다.

"노부는 도사다."

검선이 입을 열었다.

"무의미한 살생은 하지 않아. 하지만…… 그때도 말했던 것처럼. 너를 죽이는 것이 무의미한 것인지, 아닌지. 노부는 아직 확신하지 못하고 있단다."

"제가 벌인 악행 때문에?"

"보다 근본적이지."

검선이 머리를 가로저었다.

"너는 노부를 어떻게 생각하느냐?"

갑작스러운 질문이었다.

"아니. 보다 확실하게 묻도록 하마. 아가야. 너는 노부가 너를 죽일 것이라 생각하느냐?"

"……중요한 질문입니까?"

"중요한 질문이지. 네 대답에 따라서 노부의 행동이 달라질 테니까."

"죽이지 않을 것 같습니다."

"네가 살고 싶기에?"

"해야 할 일이 많습니다."

"결국 살고 싶다는 것 아니냐."

"그것을 바라는 것이 이상합니까?"

이성민의 질문에 검선이 히죽 웃었다.

"그래. 그렇다면 어쩔 수 없구나."

검선은 그렇게 말하며 털썩 앉았다. 그러자 이성민을 노리고 있던 예기가 모조리 사라졌다.

"이리 와서 앉거라."

자리에 앉은 검선이 이성민을 향해 손짓했다.

"이야기 좀 해보자꾸나."

그리 말하는 검선에게서는 조금의 적의도 느껴지지 않았다.

2장
첫 번째

촛불이 흔들린다.

마주 앉은 검선은 주름 가득한 얼굴에 얇은 미소를 짓고 있었다.

이성민은 긴장한 얼굴로 검선을 응시했다. 앉으라 권한 것도 검선이었고, 이야기를 나누자고 한 것도 검선이었다.

하지만 검선은 꽤 오랫동안 아무런 말도 하지 않고서 이성민의 얼굴을 보기만 했다.

"일천이가 어떻게 죽었는지. 말해줄 수 있겠느냐?"

침묵 끝에서 검선의 입이 열렸다.

이성민은 살짝 숨을 삼켰다. 기억은 뚜렷하였기에, 대답하는 것에 문제는 없었다.

하지만 어려움은 있었다. 그때의 기억을 떠올리는 것은 아직까지 마음을 괴롭게 하였으니까.

"괴로우냐?"

"……아니, 괜찮습니다."

검선의 질문에, 이성민은 삼킨 숨을 내뱉으며 대답했다. 거짓을 말할 이유는 없었기에, 이성민은 북쪽 설원에서 있었던 일에 대해 검선에게 모두 말해주었다.

사마련주의 죽음만을 말하지는 않았다. 북쪽으로 간 이유였던, 제니엘라가 보았고 바라며 그렇게 되기 위해 만들어가고 있는 미래에 대해서도 말해주었다.

긴 이야기가 끝이 났다. 검선은 그 이야기 동안 흐트러짐 없는 자세로 모든 것을 들었다.

사마련주의 죽음으로 마무리된 이야기를 곱씹으며, 검선은 두 눈을 감았다.

"우화등선(羽化登仙)이라도 한 것인가."

검선이 자그마한 목소리로 중얼거렸다.

"우화…… 등선……?"

"쉽게 말해서 신선이 되었다는 말이다. 끌끌…… 노부도 아직 도달하지 못한 경지에 마황이란 별호를 가진 일천이가 먼저 가게 될 줄이야. 네 말이 사실이라면, 일천이는 정말로 고금제일에 천하제일인이었구나."

그렇게 말하는 검선의 목소리에 시기심은 없었다.

"아니, 우화등선이라 할 수는 없나. 따지고 보면 신선이 된 것은 아니니까. 그렇다고는 해도, 일천이가 도달한 경지는 감탄할 수밖에 없구나."

웃으며 사마련주의 무위를 칭송한 뒤에, 검선은 시선을 들어 천장을 올려 보았다.

"무신을 원망하느냐?"

"나에게 어떤 대답을 기대하시는 겁니까."

"뻔한 대답이다. 그리고, 거짓 없는 솔직한 대답이지."

"원망합니다."

"당연히 그렇겠지."

이성민의 대답에 검선이 히죽 웃었다.

"하지만 결국 바라는 것은 똑같구나. 너도, 무신도 말이다. 너희의 바람은 종언을 막는 것이니."

"마법사 길드장에게 들은 겁니까?"

"흥미로운 이야기였다."

검선이 머리를 끄덕거렸다.

"천외천은 존재 자체가 모순되어 있다. 그들은 인간을 위한 세상을 만든다는 것을 목표로 두었고, 모든 것의 끝이라는 종언을 막기 위해 움직이고 있지. 그런 주제에 그들은 스스로의 뜻이 아닌 신령의 뜻에 따라 움직인다."

"……신령은 수상한 존재입니다."

"그렇지."

검선도 이성민의 말에는 동의하고 있었다. 아무리 생각해 보아도 신령의 뜻과 천외천에 내리는 지령은 의문스러웠고 간간이 모순이 일어나곤 했다. 신령의 진의를 도저히 알 수가 없다. 게다가 왜 신령이 직접 나서서 사마련주를 죽이려 했는지도 도저히 이해가 되지 않는다.

"무신은 꼭두각시로구나."

검선이 중얼거렸다.

"지금까지만을 보자면, 종언을 막기 위해 천외천을 부리고 있는 신령은 오히려 종언을 위해 행동하고 있다. 무신은 자기 자신의 행동이 종언을 막고 이 세상을 구원하는 일이라 생각하고 있는 모양이지만."

"검선. 당신께서는 무엇을 바라는 겁니까?"

"종언이 막을 수 있는 성질의 것이라면 막아야겠지. ……하지만 노부는 무당을 나갈 수가 없는 몸이다."

검선의 중얼거림에 이성민의 눈썹이 씰룩거렸다.

"그게 대체 무슨 말입니까?"

"주화입마다."

주화입마. 설마 그 말을 검선의 입에서 듣게 될 줄은 몰랐다. 놀란 표정을 짓는 이성민을 향해 검선이 계속해서 말했다.

"욕심이 너무 과했던 것이지. 너무 먼 길을 가려 했으나 준비를 제대로 하지 못했다. 주화입마는 노부의 단전을 파괴했고, 노부의 몸을 살아 있되 살아 있다 할 수 없는 몸으로 바꾸어 놓았다."

"뭔 말도 안 되는……."

"거짓이 아니다."

검선이 머리를 가로저었다.

"아가야. 노부는 높은 경지에 올라가 있었고, 그 높이에서 주화입마를 겪어 미끄러져 떨어진 것이다. 노부가 검선이라는 별호에 맞는 경지를 유지할 수 있는 것은 무당산에서뿐이다. 이 산 밖으로 나가게 된다면 노부는 열 걸음도 걷지 못하고 피를 토해 죽게 된다."

"……그런……."

"왜 노부가 긴 세월 동안 무당을 나서지 않았을 것 같으냐?"

웃으며 묻는 검선의 질문에 이성민은 대답을 내놓지 못했다.

"이런 몸뚱이에 노부는 직접 나설 수가 없는 것이다. 그렇기에 제자를 육성하는 것에 집중했지. 청명…… 그 아이는 노부가 본 그 누구보다 뛰어난 재능을 가진 아이지. 하지만 부족하구나. 너보다 약한 그 아이가 종언을 막는 것은 불가능해."

답답했다. 이성민은 주먹을 말아 쥐었다.

사마련주가 기대했던 것은 검선의 협력이었을까? 적어도, 검선이 이렇게 무력할 것이라는 생각은 사마련주도 하지 못했을 것이다.

"노부에게 실망하였느냐?"

"……조금은."

"끌끌! 그 무당의 검선이 먼 곳으로 나갈 수조차 없는 망가진 늙은이라고는 생각하지 못했겠지. 일천이도 그랬을 거야."

"예."

"하지만 너는 죽일 수 있다."

검선이 웃으며 말했다.

싸악.

등골을 훑는 예기에 이성민의 표정이 흠칫 굳었다. 그가 몸을 일으키려 하자, 검선이 입을 열었다.

"움직이지 마라."

검선은 검을 뽑지 않았다. 그에게 있어서 검은 무의미했다.

주화입마를 겪은 후로 육체가 망가지고, 이 산을 나갈 수 없는 몸이 되었다고 해도. 이 산 안에서의 검선은 검선이라 불리기에 충분한 실력을 갖춘 최고 수준의 고수였다.

"이 산에 들어왔을 시점에서부터 너는 노부의 거리 안에 있었다. 노부가 마음만 먹는다면 네 목은 이미 수십 수백 번 떨어졌을 것이다."

"나를 죽일 겁니까?"

"일천이의 제자라는 것. 일천이의 죽음에 대한 의문. 그래서 너를 이곳에 불러 직접 대화를 나누었다. 그리고 이제는 결정해야 할 것 같구나."

"나를 죽일지 말지?"

"죽음을 바라는 사람이 이 세상에 얼마나 되겠느냐. 그래서 종언을 막고자 하는 것이지. 무조건적인 죽음을 바라지 않으니까."

"나는 종언을 막고 싶은 겁니다."

"너 자신이 종언이 아니라는 확신을 할 수 있느냐?"

검선이 그에 대해 물었다.

"네가 직접 한 말 아니냐. 사마련주가 종언의 축이라 신령이 고했노라고."

"신령이 수상하다고 한 것은 당신입니다."

"그렇지. 신령이 부리는 수작질에 무신이 꼭두각시처럼 부려지고 있다는 의심은 든다. 김종현이라는 아이가 마왕으로 완전히 각성하지 못했던 것은 결국 천외천의 간섭 때문이었고, 그 덕분에 김종현은 종언을 위한 재앙 중 하나가 되었지. 이 역시 네가 한 말이다."

"그렇다면 왜……."

"잘 생각해 보거라."

검선의 눈이 가늘어졌다.

"천외천에게 지령을 내리는 신령. 너도 접촉해 본 적이 있지 않으냐."

이성민의 말문이 막혔다. 아. 그는 오래전의 기억을 떠올렸다.

소림, 그래, 소림.

전대 방장인 불영대사. 오래전이다. 아주 오래전. 정신세계에 들어가기도 전의 기억이니 천 년은 거슬러 올라가서.

그때, 불영대사와의 첫 만남에서. 불영대사의 몸에 깃든 신령이 말했었다. 북쪽으로 가라. 그곳에서 귀인을 만날 것이다.

"신령이 천외천을 사용해 오히려 종언을 바라고 있는 것이라면, 아가야. 너는 뭐냐."

이성민의 두 눈이 크게 흔들렸다. 스멀거리며 올라오는 불안에 그는 마른 침을 삼켰다.

"너 역시 신령과 접촉하고 신령의 뜻에 따라 움직이지 않았느냐. 네가 어떤 존재인지는 아벨에게 들었다. 너라는 존재가 종언을 불러오는 역할을 맡고 있었지. 너는 그냥, 가만히 살아 있기만 했어도 종언을 불러올 수 있었다. 그런데 왜 굳이 신령이 너와 접촉해 네 행동을 강제한 것일까?"

세상에 우연은 없다.

"너 역시 종언일지도 모르는 것 아니냐?"

이성민은 침묵했다. 검선의 말은 무조건 거짓이라고 할 수가 없는 것이었다. 그럴 리가 없다고 무조건 부정할 수 있는 말도 아니었다.

"그래서 나를 죽이겠다는 겁니까?"

"근본적인 이유라고 했었지. 막을 수 있다면 종언을 막아야지. 운이 좋게도…… 너는 노부의 거리 안에 있구나. 너를 베기 참 쉬운 거리 안에."

"……확신은 못 합니다. 내가 종언이 아니라는 확신은."

"그렇다면 너는 뭐냐."

"나는 나입니다."

이성민은 까득 이를 갈면서 대답했다.

"종언을 막겠다고 움직이면서도 신령의 꼭두각시놀음을 하는 것은 무신도 마찬가지였다. 너라고 해서 다를까?"

"검선. 당신은 스스로도 확신을 갖지 못하는군."

이성민은 짜증을 담아 내뱉었다. 그는 더 이상 검선에게 경어를 쓰지 않았다.

"근본적인 이유라 하며 나를 위협하면서도, 진정 나를 죽여도 되는 것인지 확신하지 못하고 있어."

"끌끌! 그래, 네 말이 맞다. 솔직히 모르겠구나. 노부는 신령이 무엇을 바라는지 모른다. 종언을 위해서 행동하는 것 같기는 하지만 신령의 진의를 알 수가 없지. 어쩌면 신령의 뜻이나 무신의 행동도 진정 종언을 막기 위한 것일지도 몰라."

"선택의 책임을 회피하고 싶어 하는군."

이성민은 그렇게 내뱉으며 벌떡 몸을 일으켰다.

"나를 죽이는 것이 옳다 여긴다면 나를 죽이면 되는 일. 하지만 당신은 나를 죽여야 할지 말아야 할지 스스로 확신하지 못하고 있어. 이 무의미한 대화로 당신이 무엇을 원하고 얻고자 하는 것인지 모르겠군."

"아픈 곳을 찌르는구나."

검선이 허허 웃었다. 사방을 휘감은 예기가 사라졌다.

"너에 대해 알고 싶었다. 아가야, 너는 마황 양일천의 제자고 귀창이다. 종언을 막고자 하고 있으나 너 자신이 종언일지도 모른다는 불안을 껴안고 있지. 결정했다. 노부는 이곳에서 너를 죽이지 않겠다. 노부의 행동이 어떤 결과를 불러올지는 모르겠지만."

이성민은 대답하지 않고 검선을 노려보았다. 노부는 이성민의 적의 가득한 시선을 받으며 계속해서 말했다.

"네 존재가 특별하다는 것은 노부도 안다. 신령과 접촉한 너는 종언일지도 모르겠으나, 네 특별함이 예외로 작용할지도 모르는 일이지. 끌끌…… 어렵구나. 아주 어려워. 인간이 인간 아닌 존재들이 벌이는 일을 파악하려 하는 것은 이리도 어려운 일이다."

"당신이 당신 하고자 하는 일을 하듯이."

이성민은 분노를 잠재우며 입을 열었다.

"나 역시 내가 하고자 하는 일을 하려는 것뿐이다. 당신이 나를 막으려 한다면, 나는 전력을 다해 당신의 구속에서 탈출하려 들 수밖에 없지."

"노부가 진심으로 너를 죽이려 하는 것에서 탈출할 수 있다는 것이냐?"

"나를 너무 우습게 보지 마."

이성민의 금색 눈이 번쩍였다.

격앙된 감정에 따라 내공과 요력이 꿈틀거린다, 자색의 전류가 이성민의 어깨 언저리에서 파직거렸다.

사마련주의 힘을 계승하면서 얻은 흑뢰번천의 정수가 자연스레 운용되었다.

"이 산에서 당신을 죽일 수 있으리란 확신은 하지 않아. 하지만 당신의 일검에 죽지 않을 것임은 확신할 수 있지. 또한, 당신이 나를 죽이기 전에 당신은 몰라도 무당파 도인 절반 이상은 죽여 버릴 수 있어."

그 살벌한 말에 검선이 껄껄 웃었다.

"노부를 협박하는 것이냐?"

"누구 하나 죽지 않고 끝나면 좋은 일 아닌가?"

"그만두어라. 노부는 너를 죽이지 않을 것이니. 노부의 목숨에는 별 미련이 없다만, 죄 없는 후학의 목숨은 노부의 늙은 목숨보다 값진 것이니."

"……왜 소림의 지학과 남궁의 검룡이 이곳에 있는 것이지?"

"가능성을 남겨두고 싶었기 때문이란다."

검선이 빙그레 미소 지었다.

"종언을 떠나서, 가능성 넘치는 후대에게 앞으로 향할 길을 제시해 주고 싶었지."

"……사문이 다르다 해도?"

"고작 그것을 이유로 삼기에는 그 둘의 재능이 뛰어나고 아까웠다. 불영도 그를 잘 알고 있었지. 그래서 노부에게 둘을 맡겼던 것이고."

"불영대사가 보낸 것이라면, 그들 역시 신령의 뜻으로 이곳에 온 것일지도 모르는 일 아닌가."

"너를 죽이지 않은 것과 똑같은 이유란다."

검선이 두 눈을 감았다.

"어찌 될지 모르는 가능성을 짓밟고 싶지는 않구나."

그 중얼거림에 이성민은 끌어 올렸던 기세를 조용히 내리눌렀다. 검선이 감고 있던 눈을 살짝 떴다.

"일천이의 무공을 훌륭하게 다루고 있구나."

"……많은 것을 받았으니까."

이성민은 그렇게 중얼거리며 몸을 돌렸다. 더 이상 검선과 나눌 이야기는 없었다. 지학과 남궁회원에게 안부라도 전하고 갈까 싶었지만, 굳이 그럴 필요는 없을 것 같았다.

콰당!

이성민이 도관을 나서려 할 때. 닫혀 있던 문이 벌컥 열렸다.

뛰어들어오던 아벨은 이성민을 보고 놀란 표정을 지었다. 인사를 나눌 상황은 아니었다. 아벨이 급히 내뱉었다.

"일이 터졌소."

등 뒤에서 검선이 몸을 일으켰다.

김종현.

아벨은 경직된 목소리로 그에 대해 말했다. 남쪽 해안에 찾아온 유령선이 시작이었다.

해안 경비를 맡은 해군이 갑작스레 찾아온 유령선을 침몰시키려 했으나, 성공하지 못했다.

마법사들이 쏘아낸 원거리 요격 마법은 유령선에 닿지 못했고, 압박하기 위해 출항시킨 범선들은 연달아 침몰했다.

항구에 닿은 유령선에서 수백에 달하는 데스나이트들이 쏟아져 나왔다.

그들은 자비 없이 검을 휘둘러가며 학살을 벌였다.

그렇게 죽은 시체들은 즉시 언데드가 되어 몸을 일으켰고, 순식간에 항구 도시는 언데드뿐인 죽음의 도시가 되었다.

"김종현 외에 누가 이런 일을 할 수 있겠습니까."

아벨이 내뱉었다. 이성민은 우두커니 서서 모든 이야기를 들었다.

　"……첫 번째 재앙."

　이성민은 작은 목소리로 중얼거렸다. 그 말에 아벨이 홱 하고 머리를 돌렸다.

　설명을 요구하는 그의 시선에, 이성민은 제니엘라에게 들었던 이야기를 들려주었다.

　제니엘라가 웃으며 말했던 것이 현실이 되었다. 데스나이트의 군주인 볼란데르와 접촉한 김종현은, 볼란데르와 데스나이트들이 바라 마지않던 인간으로서의 반전을 주는 대가로 그들을 마음껏 부리게 되었다.

　[타락했군. 아니, 그만큼 간절해서인가.]

　허주가 중얼거렸다.

　그 말에는 이성민도 공감할 수밖에 없었다. 바다에서 만났던 볼란데르는, 데스나이트이긴 했어도 악인이라고 할 만한 인물은 아니었다.

　쓰레기를 청소한다면서 해적만을 죽였고, 그 외의 인간을 건드리지 않았었다.

　[이 어르신이 살아 있을 적에도 그랬다. 볼란데르는 다른 인외와 검은 별들과는 지향하는 바가 달랐어. 어쩔 수 없이 데스나이트가 된 탓이겠지. 어쩌면 그런 꼴이 되었기에 인간다움을 바라였던 탓도 있고. 그래서…… 인간이 될 수 있는 방법

에 매달릴 수밖에 없는 것이다. 그것이 자신이 수백 년 동안 해오지 않은 양민 학살이라 해도 말이지.]

"사마련주는?"

이성민의 이야기를 듣고서 침묵하고 있던 아벨이 내뱉었다. 그는 사마련주의 죽음에 대해서는 알지 못하는 모양이었다.

"……스승님은 돌아가셨습니다."

"……뭐?"

이성민의 대답에 아벨이 멍한 표정을 지었다.

이성민은 아벨에게 사마련주의 죽음에 대해서 설명하지 않고, 멈췄던 걸음을 다시 움직였다.

아벨은 자신을 지나쳐 나가려는 이성민을 향해 급히 물었다.

"어디로 가는가?"

"남쪽으로 갑니다."

"……김종현을 막을 셈인가?"

"예."

"같이 가지."

아벨은 고민 없이 그렇게 말했다. 그 말에 이성민은 아벨을 돌아보았다.

"당신은 나를 믿는 겁니까?"

"갑자기 뭔 개소리인가?"

"……어쩌면 나 역시 종언의 일부일지도 모릅니다."

"뭐라는 것인지 모르겠군. 네가 종언의 일부일지도 모른다는 것이 뭔 상관이냐? 당장 김종현이 개지랄을 하고 있으니 놈을 막아야 하는 것이 중요한 것인데."

아벨은 그렇게 내뱉으면서 검선 쪽을 보았다.

빠득.

아랫입술을 한 번 씹은 뒤에 아벨이 내뱉었다.

"당신의 도움을 바랄 수 없는 것이 안타까운 일이군."

"노부 역시 안타깝다 생각하네."

검선이 흐릿한 미소를 지으며 대답했다. 아벨은 잠깐 검선을 응시한 뒤에 홱 하고 몸을 돌렸다.

로브 자락을 휘날리며 성큼성큼 나아가는 아벨의 등을 보며 허주가 낄낄 웃었다.

[성격 참 화끈하구나. 머저리 같던 형과 다르게 말이야.]

"여기서 남쪽까지 가려면 몇 달은 걸릴 것이야. 그사이에 김종현은 더 많은 개지랄을 해놓겠지. 어쩌면 남쪽 전체가 초토화될지도 모른다."

"그런 걱정은 덜 하셔도 됩니다."

이성민의 말에 아벨이 미간을 찡그렸다. 요정마의 존재를 모르는 그로서는 이성민의 말이 상황의 심각성을 모르는 여유로운 헛소리로밖에 들리지 않았다.

도관 밖으로 나오고서, 이성민은 요정마를 소환했다.

"맙소사."

요정마를 본 아벨의 입이 크게 벌어졌다. 그는 믿을 수 없다는 듯이 이성민을 돌아보았다.

"이건…… 요정마로군. 공간과 공간을 뛰어넘을 수 있는 말. 어떻게 인간이 이것을?"

"요정의 여왕에게 빌렸습니다."

"그런 호의를 받고 있는 주제에 자기 자신이 종언의 일부가 아닐까 걱정하고 있는 건가?"

아벨이 어이가 없다는 얼굴로 내뱉었다.

"네가 진짜 종언의 일부라면, 요정의 여왕이 너에게 이런 호의를 보일 리가 없지. 만약 알면서도 그리 한 것이라면 요정의 여왕 역시 종언이라는 것인데."

"그럴 가능성도 없지는 않겠지요."

이성민은 쓴웃음을 지으며 대답했다. 오슬라가 몇 번이고 했던 말이다.

나는 너에게 우호적이며, 네 선택을 존중한다고. 이성민이 종언의 일부라면, 이성민에게 호의를 보이는 오슬라 역시 종언의 일부일지도 모른다.

"그런 빌어먹을 걱정은 저리 치우게. 지금은 그딴 생각을 할 때가 아니야."

아벨은 그렇게 내뱉으며 냉큼 요정마의 위로 올라탔다.

"네가 언젠가 종언이 될 수 있다 해도 지금의 너는 종언이 아니겠지. 아닌가?"

"그렇겠죠."

"그렇다면 김종현을 막기 위해 가는 것에 문제는 없겠지. 김종현이 있는 곳은 남쪽 끝에 있는 도시, 게르무드일세. 가 본 적은 있나?"

"없습니다. 렉본에는 가 본 적이 있습니다만."

벨라도르까지 항해하기 위해 이성민이 갔던 항구 마을이 렉본이었다.

렉본…… 렉본. 그 이름을 중얼거리던 아벨이 미간을 찡그렸다.

"게르무드에서 렉본까지 거리는 꽤 먼데. 다른 남쪽 도시는 가 본 적이 없나?"

"어르무리와 데븐에는 가 보았습니다."

"비슷비슷하군. 어르무리에는 요괴들이 있다. 검은 별 중 하나인 적귀가 죽고 야나가 다스리고는 있지만…… 김종현이 날뛰고 있으니 어르무리의 분위기도 심상치 않을 듯해. 귀찮은 사건을 겪고 싶지는 않으니 어르무리는 피하도록 하지. 데븐은 오히려 더 멀고…… 렉본이 제일 낫군."

"그리로 가면 되겠습니까?"

"부탁하네."

이성민은 요정마에 올라탔다. 그러다가, 그는 문득 드는 생각이 있어 아벨에게 물었다.

"로이드 님은 데리고 가지 않는 겁니까?"

"놈은 도움이 안 돼. 차라리 이곳에 두는 편이 낫다. 그러는 너는? 사마련주는 죽었다 치고, 적색 마탑주와 함께 있는 것 아니었나?"

"위험할지도 모르니 요정의 숲에서 헤어졌습니다."

"피차 똑같군. 남정네 둘이서 함께 말을 타게 되다니…… 오래 걸리지는 않겠지?"

대답할 필요가 없는 질문이었다. 이성민은 머릿속으로 가본 적이 있는 렉본을 떠올렸다.

요정마가 투레질을 시작했다. 긴 부유감 속에서 풍경이 뒤바뀐다.

"멋지군!"

렉본에 도착하고서, 아벨은 가장 먼저 그런 탄성을 내질렀다.

"그 어마어마한 거리를 순식간에 도약하다니. 인간의 마법으로는 절대로 불가능한 일이야."

아벨은 마법사로서 연신 감탄을 터뜨린 뒤에 요정마에서 내려왔다. 늦은 밤의 렉본은 부산스러웠다.

항구 마을이기에 부산스러움은 일상이나, 마을 전체에 감도는 분위기는 요란함이 아닌 공포였다.

정박되어 있는 배에는 사람들이 타겠다고 아우성을 질러대고 있었다.

이성민은 바쁘게 지나가는 사람 중 한 명을 붙잡았다.

"무슨 일입니까?"

"이런 미친!"

한 아름 싸맨 짐을 등에 얹고 가던 남자가 욕설을 터뜨렸다. 이성민은 말없이 남자의 손목을 꽉 잡았다. 남자의 표정이 대번에 바뀌었다.

"무, 무엇이 궁금하십니까?"

"왜 이리 소란스러운 겁니까?"

"그게…… 그것이. 댁은 게르무드에서 어떤 일이 벌어진 것인지 모르고 계시는 겁니까?"

그것으로 대답은 충분했다. 이성민은 잡고 있던 남자의 손목을 놓았다. 곁에 있던 아벨은 짜증스러운 표정을 지으며 담뱃대를 꺼냈다.

"소문이 빠르군. 김종현이 게르무드에서 벌인 참극이 이미 이곳까지 퍼진 모양이야. 차라리 피난하는 것이 낫지. 괜히 수성하겠다고 남는 것은 미련한 짓이니."

볼란데르가 이끄는 데스나이트 군단이 얼마나 강력한지는 이성민도 알고 있다. 싸워 본 적은 없었지만, 그들은 이 세상에 존재하는 그 어떤 군대나 문파보다 강력하다.

데스나이트 모두가 초절정의 경지를 웃도는 실력을 가진 데다가 볼란데르는 프레데터 안에서도 손에 꼽히는 힘을 가진 괴물이다.

그 실력은 창왕이나 흑룡협과 비교해도 큰 손색이 없을 것이다.

하지만 그것 외에도, 문제는 김종현이다. 준 마왕의 힘을 얻은 김종현은, 완전한 마왕으로 각성하지 않아 이 세상에 존재함을 허락받았다.

그러면서도 한정된 마왕의 힘을 휘두르고 있다. 게다가 그는 마왕의 힘을 제하고서도 뛰어난 흑마법사다.

아벨이 말한, 수성하겠다 남는 것이 미련한 짓이라는 것은 김종현을 염두에 두고 한 말이다.

괜히 시체가 늘어나는 것은 그만큼 김종현의 군대가 강해진다는 뜻이기에.

"이곳에서 게르무드까지는 일주일 정도 걸려."

"서두르면 그보다 빨리 도착할 겁니다."

"아니, 너무 서둘러서는 안 돼."

아벨이 머리를 가로저었다.

"분수를 알아야지. 우리 둘로 김종현과 데스나이트의 군대를 막을 수 있으리라 생각하는가?"

"힘들겠지요."

"사마련주가 있었다면 또 모를까."

아벨이 투덜거렸다.

"김종현에게 많은 시간을 주면 안 되는 것은 맞아. 네크로맨서를 상대로 잉여 물량을 들이붓는 것도 무의미한 일이지."

"그럼 뭐 어쩌자는 겁니까?"

"일주일이면 김종현을 막기 위한 병력이 올 거다."

아벨이 연기를 길게 뿜으며 말했다. 이성민은 그 말이 무슨 뜻인지 잘 이해할 수가 없었다.

네크로맨서를 상대로 잉여 물량을 들이붓는 것은 무의미한 일이다. 바로 방금 아벨이 한 말이다.

"김종현은 이 세상에 존재하는 그 어떤 흑마법사보다 뛰어납니다. 그는 그리모어를 가지고 있고, 숲에서 벌인 의식으로 마왕에 준하는 존재가 되었어요. 비록 반쪽뿐일지라도."

"알고 있다."

이곳은 이야기를 나누기에는 너무 시끄러웠다. 아벨은 이성민을 데리고서 항구 쪽을 벗어났다.

인적 없는 곳을 찾다 보니 도착한 장소는 지저분한 뒷골목이었다.

아벨은 이성민이 보고 있는 것을 신경 쓰지 않고 에레브리사의 중개인을 소환했다.

"네가 요정마를 태워주었으니, 마차는 내가 사지."

"굳이 마차를 탈 필요가 있습니까?"

"너야 경공이랍시고 한참을 달릴 수 있겠지만, 마법사는 아니다. 마법사는 네가 생각하는 것 이상으로 예민한 존재야."

"솔직히 이해가 안 됩니다."

"무엇이?"

"쓸데없이 시간을 할애하는 것이."

"개죽음을 피하기 위해서지."

중개인에게 마차를 부탁하고서 아벨은 담뱃대를 거꾸로 돌려 그 안의 재를 털었다.

"우리 둘이 넘치는 정의감으로 김종현을 막으러 간다고 해봐야 개죽음이다. 물론 우리 둘은 흔해 빠진 허접 찌꺼기가 아니니까, 목숨 걸고 발악한다면 김종현의 군대에 상당한 타격을 줄 수는 있겠지. 그래, 우리 둘이 아까운 목숨을 던져 봐야 만들어낼 수 있는 것은 그 정도가 고작이다."

"그래서?"

"이건 북쪽에서 벌인 학살과 경우가 달라. 김종현은 데스나이트 군대를 사용해서 '도시' 하나를 몰살시킨 것이다. 몇만 명은 족히 죽었어. 북쪽에서는…… 여러 가지 문제가 많았지. 뱀파이어 퀸의 영역이었고, 김종현의 저력을 너무 우습게 보기도 했었다."

"이번에는 다르다는 겁니까?"

"다를 수밖에 없지. 이곳은 뱀파이어 퀸의 영역도 아니고, 김종현에게는 전례가 있으니까. 게다가…… 의도한 것인지는 모르겠지만, 남쪽에는 '교회'의 성인(聖人)이 있다."

"성인?"

"너는 모르겠지. 크게 알려져 있는 인물은 아니니까."

그런 대화를 나누는 중에 에레브리사의 중개인이 커다란 마차를 가지고 왔다. 아벨은 이성민을 물끄러미 보며 물었다.

"마차는 끌 줄 아나?"

"제가 끌어야 합니까?"

"너 몇 살이야?"

"육체 연령을 말하는 겁니까, 아니면 정신 연령을?"

"빌어먹을."

아벨은 투덜거리면서 손끝을 튕겼다. 자그마한 불빛이 터져 나오더니 희끄무레한 인간의 형상이 되었다.

아벨이 손가락을 죽죽 그으며 술식을 적자, 소환된 사역마가 마부석에 올랐다.

"북쪽에서의 토벌전에서는 교회가 별 힘을 쓰지 못했다지. 하지만 이번에는 아니야. 전례도 있고 수만 단위의 사람이 죽었으니, 교회의 성인은 틀림없이 움직인다. 데스나이트들도 있는 이상 움직일 수밖에 없어. 그들도 입장이 있으니."

"그들이 김종현을 위협할 수 있을 것이라 생각하는 겁니까?"

"우리가 김종현을 죽일 시간 정도는 벌어주겠지."

아벨은 그렇게 중얼거리면서 마차 안으로 들어갔다. 이성민이 맞은편에 앉자, 아벨은 숨을 크게 몰아쉬면서 머리를 가로저었다.

"말이나 해봐. 도대체 무슨 일이 있어서 그…… 사마련주가 죽은 거냐?"

그 질문과 함께, 사역마가 모는 마차가 움직이기 시작했다.

알고 있었다.

앞으로 자신을 중심으로 일어날 상황이 북쪽에서와는 많이 다를 것이라는 정도는.

그때의 토벌대 전력이 크게 부족한 것은 아니었으나, 그들이 범한 결정적인 실수는 김종현에게 충분한 시간을 주었다는 것이었다. 또, 충분한 시간을 들여 갖춘 준비를 상대할 대응이 너무나도 부족했다.

'하지만 이번에는 달라.'

김종현은 그를 확실하게 자각했다.

마법병단에 마탑주들까지 참가했던 북쪽 토벌대. 그들은 뛰어난 마법사였지만, 흑마법에 대한 대응을 제대로 하지 못했다.

교회의 성기사와 신관들이 참가하기는 했지만, 그 숫자가 많지 않았다. 무림인들? 몸 쓰는 재주밖에 없는 그들은 애초부터 김종현에게 있어서 위험한 요소가 아니었다.

사정도, 상황도 달라졌다. 북쪽에서 벌인 참극 덕에, 그들은 더 이상 김종현을 두고서 방심하지 않을 것이다. 흑마법에 된통 당하였으니 그에 대한 준비를 철저하게 갖추겠지.

그나마 다행이라고 할 것은 마법사 길드의 주된 전력인 마탑과 마법병단의 전투 마법사들이 이곳에 오기까지는 한참의 여유가 남았다는 것.

남쪽은 무림맹도, 마법사 길드의 힘도 크게 닿는 곳이 아니다. 남쪽 대부분은 울창한 밀림이다.

자기들끼리의 문화를 가지고 살아가는 부족들이 많다. 이곳에서 조금 떨어져 있는 어르무리는 요괴들의 도시다.

그렇다고 무림인이나 마법사가 아주 없는 것은 아니지만, 토벌대를 조직하고 덤벼 올 정도의 규모는 아니니 당분간은 신경 쓰지 않아도 될 것이다.

문제는 다른 세력이다.

교회의 신관과 성기사들. 사실 그들은 김종현과 비교해서 처지가 크게 다르지 않은 이들이었다.

김종현이 에리아로 이주하고, 그와 계약한 마왕이 죽어 이

질적인 존재가 된 것처럼. 교회에 소속된 대부분의 신관과 성기사는 에리아에 소환되면서 모시던 신들과의 연결이 끊어진 존재들이다.

사실 그들이 사용하는 힘은 신력이라고도 할 수 없는 정체를 알 수 없는 힘이다.

그렇다고는 해도, 그들이 말하는 '신성력'은 흑마법사에게 있어서는 천적과도 같다. 성인. 김종현은 그를 염두에 두면서 고민에 빠졌다.

'이대로 쭉 북상해 가면서 병력을 불리는 것이 나을까. 아니면 잠깐만이라도 정착해서 대응방안을 마련하는 편이 나을까.'

그것은 김종현에게 있어서 꽤 즐거운 고민거리였다.

다른 곳을 선택할 수도 있었다. 사실 어디를 택하든, 남쪽보다는 나았을 것이다.

준 마왕. 완전한 마왕은 아니다.

신성력은 여전히 그에게 있어서 짜증스럽고 불쾌하게 작용한다.

누구인지도 모르고 얼마큼의 힘을 가지고 있을지 모를 성인과 교회의 주 병력을 상대하는 것보다는 그나마 파악하고 대응할 수 있는 무림인이나 마법사를 상대하는 것이 낫다.

그건 알지만, 하지 않았다.

단순한 이유였다. 그는 딱히 마왕이 되고 싶은 것도 아니었고, 이 세상을 어떻게 하고 싶은 것도 아니었다.

그냥, 아무래도 좋았다. 할 수 있으니까 해보는 것뿐이다.

'아니, 차라리 부수는 편이 나을까.'

애초에 그렇게 하지도 못하겠지만. 김종현은 큭큭거리며 웃었다.

그에게 있어서 행동의 동기라는 것은 할 수 있느냐, 할 수 없느냐가 큰 비중을 차지하고 있다.

할 수 있나? 정말로? 해볼까. 할 수 있다면 도덕이나 인륜 같은 것은 신경 쓰지 않는다.

물론, 김종현은 패닉을 만드는 것을 좋아했다. 그가 할 수 있나, 고민하는 것들의 대부분은 그런 쪽의 일들이다.

"생존자는 없다."

노크는 없었다. 문을 열고 들어온 볼란데르에게서는 진한 피비린내가 났다. 김종현은 앉아 있던 의자를 뒤로 삐걱 기울이며 볼란데르를 보며 빙긋 웃었다.

이 도시. 게르무드의 영주가 살던 성이다. 불과 하루 전까지만 해도 이곳은 귀족들과 저명한 인사들의 사교장이었으나, 지금 이 저택에서 살아 있는 인간은 반쪽짜리 마왕인 김종현뿐이었다.

"얼마나 죽었…… 아니, 죽였습니까?"

김종현은 빙글 웃으며 물었다. 볼란데르에게서는 숨길 수 없는 피비린내가 풍겼으나, 그의 갑옷과 검에는 피 한 방울도 묻지 않았다.

이죽거리는 김종현의 웃음에 볼란데르는 대답하지 않았다. 그는 가슴 깊은 곳에서 피어오르는 불쾌와 적의를 꾹 눌렀다.

"숫자가 의미가 있나?"

"의미는 있지요. 의식을 벌일 만한 제물이 얼마큼 되는지 파악해야 하니까."

"······모르겠군. 수만에는 달할 텐데."

"부족합니다."

김종현이 말했다. 그는 널따란 책상 위에 올려놓은 그리모어를 손으로 어루만졌다.

"나 자신을 반전시킨 것에는 일 만도 안 되는 목숨으로 충분했습니다만. 당신과 수백의 데스나이트를 반전시키기 위해서는 그 몇 배나 되는 목숨이 필요합니다. 엄밀히 말하자면 이것은 당신들의 혼을 구속하고 있는 마왕과의 연결 고리를 파괴하는 것이며, 죽음을 맞아 마왕에게 빼앗긴 육체를 재구성하는 일이니까요."

"······다음 도시로 가야겠군."

"아니, 그럴 필요는 없습니다. 이곳에서 기다리면 알아서 제물들이 몰려올 겁니다."

"이곳을 영지로 삼겠다는 말인가?"

"이곳에서 죽은 시체를 언데드로 일으켜 세운다면 병력은 충분합니다."

"하지만 우리를 반전시키기에는 제물이 부족해. 그리고 남쪽에는 교회의 성인이 있다."

"성인이라고 해봐야 고작 한 명의 인간인데. 그가 당신이나 나를 막을 수 있으리라 여기는 겁니까?"

"아니, 생각하지 않는다. 가만히 토벌대를 기다리느니 근처 도시와 마을의 주민들이 피난하기 전에 제물로 삼는 편이 효율적이라 생각할 뿐이지."

"그걸 결정하는 것은 나입니다."

김종현이 서글서글한 미소를 지으며 말하자, 볼란데르는 더 이상 자신의 주장을 말하지 않았다.

이러한 관계가 만들어지고서부터 칼자루는 쭉 김종현이 쥐고 있었다.

볼란데르는 김종현을 죽이고 싶다 생각했지만, 그렇게 된다면 다시 인간으로 돌아갈 방법이 완전히 사라지게 된다.

수백 년 동안 하지 않았던 무차별 학살을 벌였는데. 이제 와서 모든 것을 망칠 수는 없다.

"알았다."

볼란데르가 몸을 돌렸다. 그는 철걱거리는 갑옷 소리를 내며 방을 나갔다. 김종현은 닫히지 않은 문을 보며 큭큭 웃었다.

'많이 화가 난 모양이야.'

문이 닫혔다. 김종현은 의자에서 일어나 창가 앞에 섰다.

처참하게 망가진 도시의 정경이 눈에 담겼다. 배회하는 언데드들이 보인다. 데스나이트와 비교하면 한참이나 격이 달리는 놈들이지만, 군대로 삼기에는 충분하다.

'우선 토지의 마력을 끌어모으고…… 준비할 것이 많겠어.'

마력은 넘치도록 있었다. 지식도 마찬가지였다. 바다에서 마계로 통하는 문을 열었던 것은 김종현으로 하여금 많은 것을 얻게 해주었다.

특히, 지식.

"사육장이라."

김종현은 창밖을 보면서 중얼거렸다.

이곳이 거대한 사육장이고, 우리가 이 사육장 안에서 키워지는 모르모트라면.

나는 사육장 바깥의 존재들에게 어떤 필요를 가진 모르모트인 것일까.

솔직히 그리 좋은 기분은 아니었다.

마차가 멈추었다.

눈을 감아 명상하고 있던 이성민은 한쪽 눈을 뜨고서 아벨을 보았다. 그리에스의 내용을 탐독하고 있던 아벨이 입을 열었다.

"마주쳤군."

"운이 좋은 것 아닙니까?"

"이상적이라고는 할 수 없겠어. 나는 그들이 김종현에게 조금 죽어 나가기를 바랐거든."

그래야 틈을 노릴 수 있었을 테니까. 아벨은 그렇게 덧붙이며 책을 덮었다.

그 말에 이성민은 피식 웃었다.

아벨과 단둘이서 마차를 탄 것은 사흘이다. 그리 많은 이야기를 나누지는 않았지만, 아벨이 어떤 성격을 가진 사람인지는 알았다.

그는 형인 엔비루스와 완전히 다른 사람이었다. 그 본의가 무엇인지는 알 수 없었으나, 적어도 종언을 막는 것에 있어서는 엔비루스보다는 아벨이 훨씬 더 적극적이었다.

또한, 방금 전에 했던 말처럼. 아벨은 최종적인 종언을 막기 위해서 어느 정도의 희생은 감수해야 한다는 입장이었다.

그것은 이성민도 마찬가지였다. 아무도 죽지 않고, 아무 문제와 피해 없이 종언을 막는 것은 불가능한 일임을 이성민도 납득하고 있었다.

"동행하실 겁니까?"

"우선 접촉이나 해보지."

아벨은 그렇게 말하면서 그리에스를 덮었다. 그는 벗어 둔 회색 로브를 몸에 걸치고서 마차의 문을 열었다.

멀지 않은 곳에 마차의 행렬이 정지해 있었다. 장식 없는 수수한 마차, 색은 모두가 흰색이었다.

아벨은 로브의 소매에 양손을 넣고서 마차 쪽을 응시했다. 이성민은 가면을 눌러썼다. 외관상으로 그리 좋지 않은 가면이지만 써야만 했다.

오슬라가 일시적인 봉인을 해주었다고는 해도 요력은 전투 상황이 아니라면 쭉 억누르고 있어야만 했다.

아벨과 이성민이 마차 밖으로 나오자, 정지해 있던 백색 마차의 행렬이 움직이기 시작했다. 이성민은 마차를 호위하고 있는 성기사들을 응시했다. 수백에 달하는 대병력이다.

새하얀 갑옷을 입은 그들에게서는 북쪽 토벌전 때 느꼈던 성기사들의 기운이 진하게 풍겼다. 그들 중에서 한 명이 말을 달려 이쪽으로 다가왔다.

"어디로 가는 길이오?"

굵직한 목소리에 걸맞게 남자의 체구는 컸다. 게르무드의 대학살 이후로 나흘이 지났다.

이미 이 주변 도시와 마을의 주민들은 게르무드의 대학살이 자신들에게도 가해질까 두려워 터전을 떠났다. 그런 중에 단둘이서 게르무드로 향하고 있으니, 저들이 수상하게 여길 만도 했다.

"게르무드."

아벨이 먼저 대답했다.

"나는 마법사 길드장인 아벨이다. 너는 얼마나 높고 위대한 인물이기에 나를 내려 보느냐?"

아벨이 이죽거리며 묻자 투구의 안면 가리개 너머로 두 눈이 크게 떨린다. 그는 자신이 마주한 상대가 마법사 길드장이라고는 상상도 하지 못하였기에 크게 당황했다.

"나는, 아니, 우리는. 게르무드로 가고 있다. 김종현이 그곳에서 개지랄을 벌이고 있으니 죽이러 가는 중이지."

"크흠……."

아벨의 거친 말투에 성기사가 당황하여 헛기침을 내뱉었다. 아벨은 전령으로 온 성기사의 뒤쪽으로 다가오는 마차의 행렬을 보았다.

"성인은?"

"……말을 삼가시오."

"나는 마법사 길드장이다. 이 세상에 썩어 빠질 정도로 많은 마법사 중에서도 정점에 서 있지. 수만은 아득히 넘는 마법사들을 말 한마디로 부릴 수 있는 사람이야. 그런 나에게 말을 삼가라 하는 것이냐?"

"그것은 마법사 길드의 이야기고, 우리는……."

"그만."

아벨이 손을 들어 성기사의 말을 가로막았다.

"서로의 소속이 다르다고는 하지만 최소한의 존중도 하지 않는군. 협력할 수 있을 것이라 생각했는데 아니었던 모양이야. 우리는 우리의 길을 가도록 할 테니, 댁들도 알아서 하시게나."

아벨은 빠르게 내뱉은 뒤에 빙글 몸을 돌렸다. 그는 멀뚱히 서 있는 이성민을 향해 눈짓을 주었다.

이성민은 아벨이 상황을 주도하도록 내버려 두었고, 굳이 나서지 않았다. 아벨과 이성민이 다시 마차에 오르려고 하자 성기사가 급히 말했다.

"자, 잠깐."

"뭔가?"

"협력이라니…… 그게 무슨 말이오?"

"멍청한 질문을 하는군. 댁들도 김종현 그 새끼를 잡기 위해 가고 있는 것 아니었나? 그렇게 할 수밖에 없을 텐데. 데스나이트의 군대가 흑마법사와 힘을 합해 도시 하나를 몰살시켰잖아. 설마, 댁들은 죽은 이들의 넋이나 기려주기 위해 게르무드까지 가고 있는 것인가?"

"그건…… 아니지만……."

"만약 그런 것이라면 우리가 하고자 하는 일과는 너무나도 다르군. 아니, 애초에 댁이 마법사 길드장인 나와 동등한 위치에서 이야기를 나눌 위치도 아니잖나. 기분 상해서 안 되겠군. 우리는 이만 가겠네."

"그만두십시오."

쉬지 않고 쏘아붙이는 아벨의 말에 전령은 할 말을 잃었다. 그런 그를 대신하여 나선 것은 다른 성기사였다. 그가 나서자, 전령은 급히 뒤로 물러서며 꾸벅 머리를 숙였다.

"백은기사단의 단장을 맡고 있는 테오스라고 합니다. 무례를 범하여 죄송합니다."

"무례라는 것을 알아서 다행이군."

"말씀하셨던 것처럼, 저희는 게르무드에서 대학살을 벌인 흑마법사 김종현과 데스나이트의 군세를 막고 처단하기 위해 게르무드를 향해 이동하고 있습니다."

"무슨 말을 하고 싶은 것인가?"

"마법사 길드장님과 동행께서도 같은 목적을 가지고 계시다면…… 저희와 함께 가시는 편이 어떠십니까?"

"자네가 이 무리에서 가장 높은가?"

대뜸 묻는 아벨의 질문에 테오스의 말문이 막혔다.

"아무래도 자네들은 내가 누구인지 자각이 덜된 것 같은데. 알고 있나? 늙은 마법사일수록 성격이 지랄 맞지. 어디 한번 겪어 보겠나?”

“그…… 노여움은 거두시고…….”

“노여움? 아니, 노여움이 아니라. 지랄 맞은 것이라니까. 겪어 보겠나?”

아벨이 히죽히죽 웃으며 물었다.

[사람 좆같게 하기로는 천재적인 솜씨를 가진 놈이로다.]

이성민의 머릿속에서 허주가 감탄했다.

3장
테레사

난감한 표정을 짓고 있던 테오스의 눈썹이 살짝 들렸다.

그는 놀란 표정을 지으며 뒤를 돌아보았다. 잠깐 머뭇거리던 테오스는, 이성민과 아벨을 돌아보며 꾸벅 머리를 숙였다.

"……성인께서…… 직접 사과를 드리고 싶다 하십니다."

"얼굴도 비치지 않고?"

"죄송합니다."

"어느 마차인가?"

이 정도에서 아벨은 태도를 조금 누그러뜨렸다. 테오스는 난감하다는 기색을 표했지만, 이성민과 아벨을 데리고 성기사들의 호위를 받고 있는 마차 중 하나로 다가갔다.

다른 마차들과 차이점이 없는 흰색 마차. 하지만 이성민과 아벨이 마차를 향해 다가가자, 근처에 있던 성기사들의 태도가 돌변했다.

장비한 무기에 손을 가져가는 성기사들을 향해 테오스가 눈짓을 주었다.

"······혹시라도······."

"자네가 생각하는 병신 같은 일들은 일어나지 않을 테니 걱정 말게. 나는 늙어서 지랄 맞은 마법사이지만 그렇다고 몰상식하고 몰지각한 사람은 아니야. 마법사 길드장인 내가 교회의 성인에게 설마 지랄이라도 하겠는가?"

"그······ 단어 선택을 조금······."

"열고 들어가면 되나?"

아벨이 이죽거렸다.

테오스는 한숨을 푹 내쉬면서 마차의 문을 열었다. 이성민은 아벨의 등 뒤에 서서 마차 안을 보았다.

순간, 그는 눈을 의심했다.

아벨도 마찬가지였다. 그는 두 눈을 끔벅거리면서 소매 안에 넣고서 팔짱을 끼고 있던 양팔을 슬며시 풀었다.

그러고는 머리를 돌려 테오스를 돌아보았다. 테오스는 아벨과 이성민이 그런 표정을 지을 것임을 예상했다는 듯이 쓰게 웃었다.

"이게 뭔 장난······."

"장난이 아닙니다."

아벨이 내뱉으려 한 말에 테오스가 머리를 가로저었다.

[……음.]

허주조차도 이런 상황을 예상하지는 못한 모양이었다.

결국, 이성민과 아벨은 마차 안에 들어가 교회의 성인과 마주 앉았다.

성인에 대해서는 이성민도 전생의 기억을 통틀어 들었던 것이 없었지만, 아벨과 마차를 탄 사흘 동안 그가 알고 있는 성인에 대한 이야기들을 들었다.

존재하는 것은 확실하지만 성인에 대해서 알려진 것은 적다. 나이도, 성별에 대해서도. 교회의 많은 성기사와 사제, 신도 중에서 성인의 정체를 알고 있는 이들은 적다.

하지만 성인이 가진 신성력은 교회의 대신관을 아득하게 상회할 정도라고 했다.

평생을 신앙에 몸 바친 늙은 대신관을 기대한 것은 아니었다. 그렇다고 해서, 흰색 수녀복을 입은 앳된 얼굴의 소녀를 기대한 것도 당연히 아니었다.

"테레사라고 해요."

소녀가 입을 열었다. 그녀는 푹 눌러 쓰고 있던 수녀복의 후드를 살짝 뒤로 넘겼다.

교회의 성인이 이런 어린 소녀일 것이라고는 생각하지 못했기 때문에 아벨도 뭐라 말을 하지 못했다.

그런 불편한 침묵 속에서도 테레사는 두 눈 가득 호기심을 담고 아벨과 이성민을 보고 있었다.

"마법사 길드장님을 만나는 것은 처음이에요. 워낙에 소문이 적은 인물이시잖아요. 그렇죠?"

"그…… 너…… 아니, 당신…… 뭐라고 불러야 하지?"

"테라사라고 부르시면 돼요. 신관과 성기사님들이야 저를 어렵게 대하시지만, 아저씨는 교회의 사람이 아니잖아요."

"아저씨……?"

"오빠라 부르는 편이 좋으신가요?"

머리를 갸웃거리며 묻는 질문이 아벨을 더욱 곤혹스럽게 만들었다.

그는 이런 상대와 대화하는 것이 익숙하지 않았다.

"아벨…… 아벨 님이라 부르면 될 것 같습…… 같다."

아벨의 중얼거림에 테레사가 활짝 웃었다. 그리고, 그녀는 이성민에게 시선을 옮겼다.

테레사는 이성민이 쓰고 있는 귀신 얼굴 가면을 보고서 키득거리며 웃었다.

"무서운 가면이네요. 왜 그런 것을 쓰고 계시는 건가요?"

"나름의 사정이 있습니다."

"당신이 누구인지는 알아요."

테레사가 가슴을 활짝 펴며 말했다. 거의 발달되지 않은 가슴이지만 그렇게 앞으로 내미니까 살짝 앞으로 나오기는 했다.

"가면을 쓰고, 창을 쓰고. 이 특징을 가진 유명인은 한 명뿐이잖아요. 당신이 귀창이죠?"

"예."

이성민은 숨기지 않고 말했다. 맞췄다. 테레사가 작은 목소리로 중얼거렸다. 정답을 맞혔다는 것이 꽤 뿌듯한 모양이었다.

"당신과 저희는 북쪽에서부터 묘한 인연이 있네요. 아니다, 김종현과의 인연이라고 해야 하려나요? 북쪽 토벌전에서도 당신이 참가했었잖아요."

"그때 교회의 토벌대와는 마찰이 있었습니다."

"그에 대해서는 사과드릴게요. 제가 교회를 대표한다고 할 수는 없겠지만……."

"마음에 담아두고 있지는 않습니다."

이성민은 머리를 가로저으면서 대답했다.

"상황이 어쩔 수 없었으니까요. 제 쪽에서 설명이 많이 부족하기도 했고."

"그래도, 저는 당신에게 감사하고 있어요. 그때…… 당신 덕에 토벌대에 참가했던 성기사들의 목숨이 구해질 수 있었으니까요. 죽은 사람도 많기는 하지만……."

어쩔 수 없는 일이죠. 테레사가 중얼거렸다. 북쪽에서의 토벌은 실패로 끝났다. 당시 토벌에 참가했던 각 세력의 병력은 모두가 큰 피해를 입었다.

교회 쪽에서 보냈던 토벌대에도 많은 피해가 있었다. 대신관 중 하나가 죽었고, 그 외에 고위 신관과 성기사들이 죽음을 맞았다.

"마차 밖에서의 이야기는 저도 들었어요, 아벨 님. 저희는 아벨 님과 같은 뜻으로, 끔찍한 악행을 벌인 흑마법사 김종현을 토벌하러 가고 있어요."

"병력이 너무 적지 않습니까?"

질문한 것은 이성민이었다.

"김종현의 저력에 대해서 얼마나 파악하고 있는지는 모르겠습니다만, 김종현은 단순한 흑마법사가 아닙니다. 그는 마왕에 가까운 존재이고, 데스나이트의 군주와 수백에 달하는 데스나이트들이 그를 따르고 있습니다."

"김종현은 처음에 습격했던 도시를 거점으로 삼고 움직이지 않고 있어. 우리가 도시에 도착할 즈음이면, 게르무드는 인세의 지옥으로 변해 있을 거다. 성벽 너머에서는 도망치지 못하고 죽은 수만의 사람들이 언데드가 되어 떠돌고 있겠지."

"그렇겠죠."

테레사가 머리를 끄덕거렸다. 오가는 끔찍한 이야기를 풍경으로 상상한 것인지, 테레사의 얼굴은 조금 굳어 있었다. 하지만 그녀는 주저하지 않고서 대답했다.

"그렇다고는 해도, 김종현을 내버려 둘 수는 없어요. 시간이 흐르면 흐를수록 김종현으로 인해 일어날 피해는 늘어날 겁니다."

"그게 신의 뜻입니까?"

이성민은 테레사를 물끄러미 보며 물었다. 신령의 뜻이라 말하며 무신과 함께 사마련주를 합공했던 월후가 떠올랐기 때문이다.

어쩌면 교회가 모시는 신이 신령과 같은 것일까. 그런 의문을 담은 질문이었지만, 테레사는 이성민의 질문이 이상하다는 듯 눈을 동그랗게 뜰 뿐이었다.

"아뇨. 이건 신의 뜻이 아니에요. 교회의 뜻이죠. 저희는⋯⋯ 신의 뜻을 따르지 않아요. 교회라는 집단에 대해 이해하고 계시나요?"

"어느 정도는."

"교회의 신관과 성기사는 크게 나누자면 두 부류로 나뉘어요. 하나는 저와 같은 이계인들. 다른 세상에서 살았지만, 에리아로 소환된 존재들이죠. 저희는 에리아로 소환되면서 본래 모시던 신과의 영적 연결이 끊어졌어요. 덕분에 저희는 신의 목소리를 듣지 못해요. 본래 가지고 있던 신성력만이 저희 자신의 힘이 되었을 뿐."

그리고, 다른 한 부류는 에리아에 존재하는 신들을 모시는 신관과 성기사들이다.

므쉬의 산 아래에서 수행자들을 출입하게 하는 사제들이 그러한 신관에 속한다. 물론 모든 신의 사제들이 교회에 속하는 것은 아니다.

"이 세상의 신들 역시, 저희에게 어떠한 행동을 강요하지는 않아요. 그러니까…… 교회라는 집단은 쉽게 말하자면, 다신교라고 할 수 있죠. 대부분 모시는 신들이 다르거든요. 그렇기에, 누군가가 신의 목소리를 들었다 말하여도 교회는 그런 행동을 집단의 뜻으로 하지는 않아요."

"그렇다면, 이 토벌을 진행하고자 하는 것은 신의 뜻이 아닌, 교회만의 뜻이라는 겁니까?"

"굳이 말하자면 그렇죠. 김종현은 너무 많은 사람을 죽였어요. 그에게 죽은 이들은 이 세상을 떠나지 못하고 언데드가 되어 세상을 떠돌고 있죠. 누군가가 그를 막아야만 해요."

그러한 테레사의 말은 보편적으로 옳은 말이었다. 김종현은 이 세상 그 누가 본다 하더라도 끔찍한 일을 벌이고 있는 악인이다.

악인.

그를 떠올렸을 때. 이성민은 반사적으로 백소고를 떠올렸다. 어쩌면 그녀도 이곳으로 오고 있을지도 모른다.

김종현은 이 세상의 누가 보더라도 악하다고 말할 행동을 벌였다.

이미 그는 북쪽에서 수천에 달하는 사람을 죽였고, 게르무드에서는 데스나이트를 이끌어 도시 하나를 몰살시켰다. 누군가가 그를 막지 않는다면 김종현은 계속해서 북상하여 수만, 수십만을 더 죽일 것이다.

"당신은 교회에서 어떤 위치를 가지고 있습니까?"

이성민의 질문에 테레사가 두 눈을 깜박거렸다. 머리를 갸웃거리던 테레사가 잠깐의 고민 뒤에 대답했다.

"제 입으로 말하기에는 조금 그렇지만, 교회에서 성인이라고 불리는 것은 제가 유일해요."

"당신은 종언에 대해 알고 있습니까?"

이성민이 물었다. 아벨이 이성민을 힐긋 보았다. 그는 그리에스를 꺼내 손에 쥐었다.

만약에 이 대화가 종언의 사도를 불러오는 것이라면, 그를 막기 위한 결계를 쳐야 했기 때문이다.

그러한 긴장 속에서 한 질문이었으나, 테레사는 두 눈을 동그랗게 뜨고 머리를 갸웃거렸다.

"그게 뭐죠?"

이성민은 아벨을 힐긋 보았다. 그녀의 대답이 진심으로 하는 것인지 거짓인지를 구분할 수가 없었기 때문이다.

아벨은 두 눈을 빛내며 테레사를 응시했다.

테레사는 자신에게 향하는 의문스러운 시선의 속내를 헤아리지 못할 정도의 바보는 아니었다. 그녀는 되려 이성민과 아벨을 향해 두 눈을 치켜떴다.

"알지도 못하는 것을 두고 거짓말을 할 만큼 뻔뻔한 성격은 아니에요."

[교회는 종언에 대해 파악하고 있지 않은 걸까요?]

이성민은 아벨에게 전음을 보냈다. 아벨은 턱을 어루만지면서 생각에 잠겼다.

[종언에 대해 아는 이들은 한정적이야. 나와 내 형님은 그리에스에 수명을 바쳐가며 종언에 대해 알았고…… 뱀파이어 퀸은 미래를 보는 마안으로, 무신은 신령의 직접적인 접촉으로 인해 종언에 대해 알았다.]

[엔비루스도 그리에스에 수명을 바쳤던 겁니까?]

[그래. 그 이후로 형님은 단 한 번도 그리에스를 사용하지 않았지만 말이야.]

아벨이 투덜거렸다.

테레사는 정말로 종언에 대해 모르는 눈치였다.

하지만 그렇다고 해서 테레사가 아닌, 교회 전체가 종언에 대해 무지할 것이라고 여기는 것은 너무 이른 판단이다.

[성인인 그녀가 종언에 대해 알지 못한다고 해도 크게 상관은 없다. 그녀와 교회의 세력은 틀림없이 김종현을 막기 위해 가고 있으니까.]

"귀찮."

아벨과 이성민이 밀담을 나누고 있다는 것을 알지 못하는 테레사는, 아무렇지도 않다는 표정으로 이성민을 불렀다.

"당신은 묘하네요."

"어떤 점이?"

"당신에게는 아주 많은 것들이 느껴져요. 혼돈이라는 말, 제가 여태까지 살면서 겪은 사람 중에…… 당신만큼 그 말이 잘 어울리는 사람은 없을 것 같아요."

"나름의 사정이 있어서."

"도움이 필요하지는 않으신가요?"

테레사가 웃으며 물었다. 그 말에 이성민은 즉답하지 않았다.

그는 테레사가 말한 것의 진의를 파악하기 위해 그녀의 두 눈을 들여 보았다.

무수히 많은 별빛을 담은 것처럼 테레사의 눈은 반짝거리며 빛나고 있었다. 적어도 이성민은 그녀의 두 눈에서 숨긴 악의 같은 것은 찾을 수가 없었다.

"내가 도와줄 수 있어요."

"어떤 식으로?"

이성민은 피식 웃으며 물었다. 그 말에 테레사가 손을 들어 천천히 이성민을 향해 뻗었다.

"정화하는 거죠."

"······정화?"

"당신의 몸 안에 뒤섞인 것들을요. 당신만 허락한다면, 내가 해줄 수 있어요."

"나한테 무엇을 바라는 겁니까?"

"아니. 아니, 아니, 바라는 것이 있어서 이런 말을 하는 것이 아니라구요. 귀창, 당신이 곤란해 보이니까. 그리고 제가 할 수 있는 일이니까 말하는 것이지."

"구체적으로 어떤 도움을 줄 수 있다는 겁니까. 정화? 너무 애매한 말이잖습니까."

"당신의 몸에 깃들어 있는 사이함과 당신이 본래 가지고 있는 것과 어울리지 않는 힘을 완전히 정화하는 것이죠."

예를 들면. 테레사가 이성민의 손등을 어루만졌다.

"당신의 몸 안에 깃들어 있는, 승천하지 못하는 가엾은 영혼이나. 당신의 가슴 안에 박혀 있는······ 뭐죠, 이건? 심장? 이거랑······ 그리고······."

독.

잠시 단어를 고민하던 테레사가, 그렇게 덧붙였다.

"당신의 전신에 퍼져 있는 독. 아직은 얌전한 모양이지만, 계속 내버려 둔다면 확실하게 당신을 죽일 거예요."

[제대로 파악하기는 한 모양이군.]

허주가 머릿속에서 웃음을 흘렸다. 이성민은 그 웃는 소리를 들으면서 테레사의 두 눈을 보았다.

"……정화라는 것은. 내 몸에서 그것들을 모조리 없앤다는 겁니까?"

"네? 물론이죠."

"그렇다면 됐습니다."

이성민은 손등을 어루만지는 테레사의 손끝을 밀어냈다.

4장
게르무드

테레사는 이성민의 그렇게 대답할 것은 상상하지 못했다는 표정이었다. 그녀는 두 눈을 동그랗게 뜨고 이성민을 빤히 보았다.

"왜요?"

테레사가 이해할 수 없다는 목소리로 질문했다.

"당신이 가지고 있는 것들은, 언제가 반드시 당신을 죽일 거예요. 아니면 당신을 당신이 아니게 만들던가."

"압니다."

그 위험성에 대해서는 이성민도 잘 알고 있다. 특히 테레사가 말한, 전신에 퍼져 있다는 독.

그것은 요력을 말하는 것이리라.

검은 심장이나 허주의 존재는 아니더라도, 전신에 퍼져 있는 요력은 이성민에게 있어서는 독이다.

오슬라의 봉인은 완전하지 않다. 당장 억눌러 놓아도, 언젠 가는 터진다. 그에 대해서는 오슬라도 몇 번이나 경고했었다.

당장의 위험은 억눌러 놓았다고 해도 안심하지 말라고. 완 전히 눌러 놓을 방법을 찾아보라고.

정화는 이성민이 가지고 있는 요력을 완전히 지워버리는 것 이다. 어쩌면 그것이 말끔한 해결법일지도 모른다.

하지만.

"요력…… 그러니까. 당신은 내 몸 안에서, 전신에 퍼진 독만 정화할 수 있습니까?"

"그건…… 불가능하죠. 당신의 몸에 있는 모든 불순물을 정 화하는 것이니까요. 그, 요력이라는 것만 딱 골라서 정화하는 것은 불가능해요."

"그러니까 괜찮습니다."

다른 것을 잃고 싶지는 않았다. 검은 심장? 여태까지 그 덕 을 많이 보았다. 사마련주의 힘을 계승할 수 있었던 것은 검은 심장 덕분이었다.

그것을 잃고 싶지는 않다. 이것은, 사마련주가 자신의 몸을 바쳐서 이성민에게 전해 준 가능성이었다.

더 강해질 수 있다는, 더 앞으로 나아갈 수 있다는 여지였 다. 사마련주의 힘을 계승하지 않았더라면 이성민은 좀처럼 성장하지 못했을 것이다.

"잃고 싶지 않아요."

그 이유만으로 거절한 것은 아니다.

허주.

이성민은 자신의 머릿속에 있는 불청객을 의식했다.

처음에 허주가 마갑에 깃들었을 때에는 떼어낼 수 있다면 떼어내고 싶었는데. 지금은 그런 생각이 조금도 없었다.

허주는 이성민의 말동무였고, 동료였고, 친구였다.

또한 어떤 의미에서는 이성민에게 있어서 스승과도 같았다.

[그렇게 아는 새끼가 뭐만 하면 나를 똥통에 담가버리겠다고 해?]

허주가 투덜거렸다. 테레사는 천천히 머리를 끄덕거렸다. 그녀는 이성민이 밀어낸 손을 다시 자신 쪽으로 향하며 말했다.

"언제고, 마음이 바뀌게 된다면 저한테 알려주세요."

"아마 그런 일은 없을 겁니다."

"세상일은 모르는 거잖아요. 귀창, 당신은…… 굉장히 위험해요. 당신의 몸 안에 있는 것은 혼돈이라고밖에 할 수가 없고, 그것이 폭발하면 당신의 존재는 버티지 못하고 지워져 버리겠죠. 그 후에는?"

"그것도 압니다."

이성민의 입꼬리가 천천히 올라갔다.

"그렇다고 정화할 수는 없습니다."

"위험성을 굳이 끌어안고 살겠다는 건가요?"

"필요하니까."

그래.

필요하다. 허주도, 검은 심장도, 요력도.

그 모든 것이 사라진 자신의 모습을 이성민은 상상할 수가 없었다.

태어나서 가지고 있는 것만으로는 지금의 위치까지 도달하지 못했을 것이다.

이러한 운들, 나 자신의 것이 아닌 것들의 도움. 그런 것이 모였기에 지금의 이성민이 있었다.

이렇게 되어버린 것이 운명의 흐름대로 된 것이라 해도. 이성민은 지금에 와서 그것을 버릴 수가 없었다.

"그런 이야기는 말고."

아벨이 끼어들었다.

"김종현에 대한 대책은?"

"어쩌실 겁니까?"

테레사와의 이야기가 끝나고서, 이성민은 아벨과 본래 자신들이 탔던 마차로 돌아왔다. 어떻게 행동할지는 이미 결정되었다.

이성민과 아벨은 교회의 조력자로서, 그들과 함께 게르무드를 점령하고 있는 김종현을 공격하기로 하였다.

"도움은 되겠지."

마차로 돌아온 아벨은 즉시 담뱃대를 물었다.

"테레사는 모르는 모양이었지만, 교회 전체가 종언에 대해 알지 못할 것이라는 확신은 못 한다. 하지만 그걸 떠나서 교회와 테레사는 김종현을 막을 수밖에 없어."

"다른 지원 병력은?"

"힘들겠지. 남쪽에는 무림의 힘이 적으니까. 어르무리의 요괴들이 이 일에 협력할 것 같나? 엄밀히 따질 것도 없어. 그들과 우리는 종족이 다르다."

"마법사 길드는 어떻습니까?"

"별 기대는 하지 마라. 거리가 너무 멀어. 길드장인 내가 명령한다고 해도, 마탑주들이나 마법병단이 이곳에 도착하려면 몇 달은 걸릴 거다. 아니면 네가 요정마를 써서 왔다 갔다 하며 놈들을 옮길 테냐?"

"가능합니까?"

"불가능하겠지. 요정마라고 해서 만능은 아니니까. 게다가 연속적인 공간도약은 너 자신에게 있어서도 부담을 준다."

아벨은 투덜거리면서 담배 연기를 길게 뿜었다.

"애초에 네크로맨서인 데다 데스나이트 군단까지 끌고 온 김종현을 상대로 수적인 우세를 점할 수 있으리란 기대는 하지 않았어."

테레사에게 많은 이야기를 들었다. 교회는 게르무드에서 대학살을 벌이고, 죽은 이들을 언데드로 일으킨 김종현을 반드시 죽이겠다는 입장이었다.

그 때문에 대외적으로 드러난 적이 없었던 테레사가 직접 나섰고, 수백의 성기사단과 신관들이 동원되었다. 당장 지금 이동 중인 병력 외에도 게르무드를 중심으로 하여 성기사들이 모이고 있다 했다.

"많아 봐야 몇천이다."

하지만 아벨의 대답은 냉정했다.

"그나마 기대할 수 있는 것은 흑마법과 신성마법의 상성이겠지만. 그것으로 수십만과 수천의 병력 차이를 뒤집을 수 있을까?"

"없죠."

이성민은 무덤덤한 얼굴로 대답했다. 사마련주가 있었더라면 가능했을지도 모른다. 그의 압도적인 무위라면 이만한 병력 차이도 뒤집을 수 있었을 것이다. 하지만, 사마련주는 죽었다.

그러니 이성민이 해야 한다.

"도망칠 겁니까?"

"아니."

아벨이 머리를 가로저었다.

"지금이라면 막을 수 있다."

그렇게 말하는 아벨의 목소리에는 흔들림이 없었다. 병력에서 수십 배 차이가 난다. 김종현은 아르베스의 힘을 계승했을 뿐만이 아니라 준 마왕이 되어 마왕으로서의 권능을 다룬다. 그가 가지고 있는 그리모어는 마왕을 위한 마도서이기에, 준 마왕이 된 김종현은 그리모어의 마법도 다룰 수 있을 것이다.

"머릿수만 많은 언데드는 무시해도 된다. 데스나이트는 성기사들이 막아 줄 것이고, 볼란데르는 네가 막을 수 있을 거야."

"당신은?"

"나는 김종현을 막지."

아벨이 내뱉었다.

"나는 형님과는 달라."

아벨은 그렇게 내뱉으면서 로브의 안쪽을 뒤졌다. 그곳에 있는 아공간 포켓에서 꺼낸 것은 자그마한 수정구슬이었다.

"그래도 혹시 모르는 일이니까. 도움은 청해야겠군."

"누구에게?"

"오랜 친구에게."

마침 남쪽에 있다고 하니까. 아벨은 수정구슬 위에 양손을 올렸다.

나흘 후. 게르무드의 목전에서 마차가 멈추었다. 그곳에는 이미 꽤 많은 사람이 모여 있었다.

　얼핏 보기에 그 숫자는 수천에 달했다. 그것은 아벨의 예상보다는 많았다.

　도시 하나가 몰살되었다는 것은 많은 이들이 겁에 질려 도망치게 만들었지만, 모두가 도망친 것은 아니었다.

　김종현이라는 이름을 가진 끔찍한 악마를 막기 위해 목숨을 던지고자 하는 이들이 도시 앞의 평원에 모였다.

　아벨과 이성민은 마차에 앉아 바깥을 보았다. 흰색 옷을 입은 신관들과 성기사들이 보인다. 그 외에도 용병이나 남쪽에 뿌리를 내리고 살아가는 원주민들도 보였다.

　[요괴도 있군.]

　허주가 중얼거렸다.

　'그들도 김종현을 막기 위해 온 것일까?'

　[그건 너무 우호적인 생각이지. 요괴가 이곳에 온 이유는 공포를 주워 먹기 위함일 것이다. 이 정도의 대학살은 전례가 없던 일이니까. 이미 저 도시는 죽은 이들이 발한 공포가 뒤섞여 지옥이 되어 있어. 힘을 갈구하는 요괴라면 탐이 날 수밖에 없지.]

　이게 무슨 뜻인지 알겠냐? 허주가 혀를 찼다.

　[너에게 있어서 그리 좋은 전장이 되지는 않을 것이다. 봉인

해 놓았다고는 해도, 저 도시의 공기를 호흡하는 것은 억눌러 놓은 요력을 자극하게 될 테니까.]

'그렇다고 도망칠 수는 없지.'

[사마련주라면 도망치지 않았을 테니까? 이 어르신이 지난번에도 했던 말이지만, 너는 사마련주와는 다르······.]

'그래서가 아니야.'

이성민이 내뱉은 말에 허주의 말이 멈췄다.

'스승님이라면 도망치지 않았을 테니까. 그래, 나는 스승님이 아니지. 나는 도망쳐도 돼. 하지만, 내가 도망치고 싶지 않아. 스승님이라면 그러지 않았을 테니까····· 가 아니야. 내가, 도망치고 싶지 않아. 김종현이 종언이라면 나는 그를 막아야만 한다.'

[그게 네 역할이라고 생각하나? 네가 불러온 종언이니까, 네가 막아야 하는 것이 옳다 여기는 것이냐?]

'죽고 싶지 않으니까, 다.'

그 대답에 허주가 껄껄 웃었다.

'여기까지 와서 종언이라는 것 때문에 세상이 망하는 것을 두고 볼 수가 없어. 기껏 죽었다가 과거로 돌아왔다. 과거의 나와는 비교가 안 되는 힘을 얻었다. 그런데····· 죽는다고? 좆이나 까라고 해, 내가 왜 죽어?'

[솔직해서 좋군!]

허주가 웃음소리가 커졌다.

"생각보다 많군. 고기 방패로나마 쓸 수는 있겠지."

"만나기로 한 친구는?"

"곧 올 거다."

아벨은 그렇게 말하면서 무릎 위에 올려놓은 수정구슬을 어루만졌다.

친구에 대해, 아벨은 많은 말을 하지는 않았다. 도움이 될 것이라는 말만 했을 뿐이다.

'응?'

누군가가 마차로 다가온다. 왔군. 아벨은 투덜거리면서 수정구슬을 품 안으로 집어넣었다.

성큼성큼 다가오는 인물을 창밖으로 바라보며, 이성민의 두 눈이 크게 떠졌다.

짜증이 가득한 얼굴로 앞장서서 걷는 여자도, 그 뒤에서 머리를 푹 숙이고 따라오는 남자도.

둘 모두 이성민이 만나 본 적이 있는 인물이었다.

프라우와 알라두르.

예전에, 이성민이 위지호연의 저주를 풀기 위해 남쪽으로 내려왔을 때. 미혹의 숲에서 정파 무인들의 길잡이를 맡았던 알라두르와 만난 적이 있었다.

어쩌다 보니 알라두르의 목숨을 구해준 후로는, 그가 알려

준 덕에 알라두르의 스승인 프라우와도 인연을 맺게 되었다.

쾅당!

마차의 문이 열렸다. 문짝을 뜯어버릴 기세로 마차의 문을 연 프라우는 머리를 마차 안으로 집어넣고서 안을 둘러보았다.

그녀는 가장 먼저 팔짱을 끼고 앉은 아벨을 보았다.

"이런 개새끼."

프라우가 참지 못하고 욕설을 내뱉었다. 살기 가득한 눈으로 아벨을 쏘아본 뒤에, 프라우의 시선이 이성민에게 향했다.

"······네가 왜 이곳에 있지?"

"오랜만입니다."

광천마의 죽음 후에 어르무리를 떠났다. 그 후로 벌써 2년에 가까운 시간이 흘렀다.

짧은 시간이라고는 할 수 없겠지만, 프라우는 이성민을 기억하고 있었다.

"네가 있을 줄 알았다면 야나에게 말해둘 걸 그랬네."

프라우는 그렇게 중얼거리면서 이성민의 옆에 털썩 앉았다. 알라두르는 어깨를 축 늘어뜨리고서 마차의 입구 앞에 서 있었다.

알라두르가 들어오려고 하자, 프라우가 두 눈을 부라리며 내뱉었다.

"어디를 들어와, 새끼야. 마차 앞에서 서 있어!"

"예······."

알라두르가 처진 목소리로 대답했다. 이성민은 그런 알라두르의 모습에 자그마한 연민을 느꼈지만, 마차의 문이 쾅 닫힌 덕에 그에게 인사도 전하지 못했다.

"그 친구라는 분이 프라우 님이셨습니까?"

"너랑 알고 있는 사이인 줄은 몰랐군."

"친구? 친구는 빌어먹을. 친구라는 놈이 사지(死地)에 함께 가자고 불러대?"

"싫으면 거절했으면 되었잖나."

"내가 미쳤지. 왜 너한테 옛날에 약속을 해줘가지고."

프라우가 이를 갈며 내뱉었고, 아벨이 피식 웃었다. 아무래도 둘 사이에는 모종의 약속이 있었던 모양이다. 마나에 걸고 한 맹세는 목숨을 건 것과 똑같기에 절대로 어길 수가 없다.

"꼭 사지라고 할 수는 없지. 토벌대가 생각보다 많이 모였어. 교회의 성인도 직접 나섰고. 대주술사인 네가 돕는 데다가 마법사 중에서 가장 높은 경지에 달한 나도 있다. 그리고, 이 녀석. 너도 알겠지만, 무공을 익힌 무인 중에서는 손에 꼽히는 강자야."

"알라두르!"

아벨의 말에 프라우가 대뜸 고함을 질렀다. 그러자 마차의 문이 살며시 열리더니 알라두르가 마차 안으로 얼굴을 들이밀었다.

"무슨 일이십니까, 스승…… 억!"

알라두르의 말은 끝나지 않았다. 프라우가 내지른 정권이 알라두르의 안면에 처박혔다.

"됐어. 다시 나가."

알라두르가 주먹만 한 코를 감싸 쥐며 우는 소리를 냈다. 아벨이 어이가 없어서 물었다.

"뭐 하는 건가?"

"열 받아서."

"그렇다고 제자를 패?"

"제자는 무슨, 내 수발들기 싫다고 도망쳤던 놈이야. 죽이지 않은 것을 다행으로 알아야지."

프라우는 투덜거리면서 손목을 감싸고 있는 링들의 위치를 고쳐 잡았다.

"심상치가 않아."

프라우의 눈이 가늘어졌다.

"저 도시에서 뭔 일이 벌어지는지는 모르겠지만, 심상치 않다고. 지금이라도 같이 돌아가는 것이 어떠냐?"

"아니. 그래서는 안 돼."

아벨이 즉답했다. 그는 그리에스에 손을 올리며 말했다.

"김종현이 종언의 첫 번째 재앙이다."

"오, 제기랄."

아벨의 말에 프라우가 양손으로 얼굴을 감쌌다.

예전에, 어르무리에서 프라우를 만났을 때. 이성민은 그녀에게서 처음으로 운명력에 대해 들었다.

그 당시에 이성민은 자신의 운명력에 대해 제대로 이해하지 못하고 있었다.

하지만 지금은 아니다.

그는 당시 프라우가 말했던 운명력이, 이 세상에 종언을 가져오기 위한 것이었음을 잘 알고 있었다.

"누가 그러디? 김종현이 종언의 하나라고."

"뱀파이어 퀸이."

"그녀가 말했다고 하니 설득력이 있네. 미래안으로 보았다고 하던가?"

프라우의 이죽거림에 이성민이 머리를 끄덕거렸다.

제기랄.

프라우는 욕설을 내뱉었다. 뱀파이어 퀸이 가지고 있는 미래안에 대해서는 프라우도 안다. 무수히 많은 뱀파이어 중에서 오직 퀸만이 미래를 보는 마안을 가지고 있다.

"그녀가 거짓을 말했을 가능성은?"

"이 상황에서 퀸이 거짓말을 해 뭔 이득을 보겠나?"

아벨이 헛웃음을 흘리며 되물었다.

"게다가, 그녀의 말이 거짓일지라도. 김종현의 행보는 도를 넘어섰어. 도시 게르무드가 함락되는 것에 하루도 채 걸리지 않았다. 하루 만에 수만 명이 김종현에게 죽었단 말이다. 그리고 검은 별 중 하나인 데스나이트 군주가 김종현과 함께하고 있지."

"그리고 너는 그 미치광이를 상대로 싸우자고 나를 불러냈고 말이야."

"너더러 싸우다 죽으라는 말은 안 해. 적당히 도와달라는 것이지."

"말은 참."

프라우는 못마땅하단 표정이었지만, 그렇다고 이 상황에서 몸을 빼지는 않았다. 약속으로 얽매인 이상 아벨의 부탁을 거절할 수가 없다. 프라우는 창밖을 보면서 중얼거렸다.

"묘해."

"무슨 말입니까?"

이성민이 질문했다. 프라우는 한숨을 푹 내쉬면서 투덜거렸다.

"도시 전체에 흐르고 있는 불길함이 심상치가 않아. 너희 눈에는 안 보이는 모양이지만."

서로가 익힌 것이 달라도 너무 다르다. 이성민은 무공을 익했고, 아벨은 마법을 익혔다. 그런 둘이 보지 못하는 것을 주술을 익힌 프라우는 똑똑히 보고 있었다.

"혼이 고여 있다."

"……고여 있다?"

이성민은 프라우의 말을 이해하지 못했다. 혼이 고여 있다, 라는 말은 생전 처음 들어 보는 말이었기 때문이다.

"김종현은 마을 주민들을 언데드로 만들었다. 이건 확실해. 너희가 오기 전에 선발대가 가서 성문 너머를 조금 보고 왔는데, 도시의 입구부터 언데드들이 배회하고 있다더군. 질 낮은 좀비들이었지만 말이야."

"……음."

프라우의 말에 아벨의 눈썹이 찡그려졌다. 그는 프라우가 말한, '묘하다'라는 말이 무슨 뜻인지를 이해했다. 하지만 이성민은 아니었다. 그는 이런 것들에 대해 정말로 무지했기 때문이다.

"언데드가 된다는 것은, 흑마법사에 의해 혼이 마왕에게 제물로 바쳐진다는 것이다."

프라우가 더는 설명할 마음이 없어 보였기 때문에, 아벨이 나서서 이성민에게 말했다.

"혼을 바친다면 마왕의 힘이 시체에 깃든다. 언데드는 그렇게 태어나지. 얼마나 가치 있는 혼인가, 흑마법사가 얼마나 공을 들였는가, 또, 마왕이 얼마만큼의 힘을 주었는가. 거기서 언데드의 급이 나뉜다. 인간 대부분의 혼은 그리 가치도 없거니와, 흑마법사가 직접 나서서 급을 높이기에는 효율도 뒤떨어져. 결국 대부분은 좀비가 된다는 뜻이지."

"……아."

이성민도 이해했다. 확실히 묘하다. 언데드가 되어버린다는 것은 혼이 마왕에게 바쳐진다는 것.

즉, 이 세상에 혼이 남아 있지 않게 된다는 것이다. 하지만 프라우는 혼이 고여 있다고 표현했다.

"좀비가 떠돌아다니는 것은 맞아. 하지만 저 도시에는 셀 수 없는 많은, 죽은 이들의 혼이 고여 있다. 김종현 놈…… 또 뭔가를 벌이고 싶어 하는 모양이군."

"추측할 수 있습니까?"

아벨의 투덜거림에 이성민이 질문했다. 그러자 아벨은 머리를 가로저었다.

"모른다. 그리모어의 마법은 해석되지 않았으니까. 그리에스가 그리모어의 쌍둥이 마도서라고 해도 둘이 담고 있는 마법은 너무나도 달라. 김종현…… 놈의 꿍꿍이는 알 수가 없다. 왜 놈이 게르무드를 점령하고서 움직이지 않고 있는 것인지. 데스나이트의 군단까지 이끌고서 대체 무엇을 노리고 있는 것인지."

"대책 없는 자식."

아벨의 중얼거림에 프라우가 내뱉었다.

"나를 불러대기에 뭔가 방법이 있는 줄 알았더니."

"네가 와 주어 다행이라는 생각은 하고 있다. 네 귀혼술(鬼魂術)은 도움이 될 테니까."

"개자식."

기분이나 풀라고 한 말이었지만 프라우는 두 눈을 부라리면서 아벨을 노려보았다. 그러더니 벌떡 일어나서 마차의 문을 열었다. 그녀는 어깨를 축 늘어뜨린 알라두르의 뒤통수를 갈기면서 내뱉었다.

"당장 도시로 쳐들어가는 것도 아니잖아. 너랑 마주 앉아 있다가는 진짜로 널 죽여버리고 싶을 것 같으니, 내 마차로 돌아가겠어."

쿵.

마차의 문이 닫혔다. 아벨은 어깨를 으쓱이며 말했다.

"입이 거칠기는 하지만 실력은 확실해. 주술사라는 족속 중에서 정점이라고 할 수 있을 실력을 가지고 있으니. 그런데, 너는 어떻게 프라우와 알게 된 거냐?"

"몇 년 전에 어르무리에서 만났었습니다."

프라우가 말한 대로, 당장 도시에 진입하는 것은 아니다. 김종현에게 많은 시간을 주는 것은 여러모로 꺼림칙한 일이었지만, 그래도 최소한의 준비가 필요했기 때문이다.

밤이 되었다.

수만 명이 죽고, 그만큼의 언데드가 배회하고 있는 도시의 성벽 너머에서 수천에 달하는 토벌대가 노숙했다.

교회의 성인인 테레사의 마차 주변에는 많은 성기사와 사제들이 모였다. 교회와 연관 없는 이들도 성인을 직접 볼 수 있는 기회를 놓치지 않기 위해 마차 주변에 모였다.

웅변과 연설은 없었지만 테레사는 모두가 보는 앞에서 도시에서 죽은 이들에 대한 명복을 빌었다.

무의미한 일이었다. 그녀가 명복을 빌어준다고 해서 도시에 고여 있는 혼들이 승천하지는 않는다. 기도만으로는 언데드를 죽일 수 없다.

준비가 필요하다는 아뻴의 말에, 이성민은 자리를 비켜 주었다. 이성민은 가면을 쓰고서 주변을 배회했다.

몇몇 이가 어둠 너머에서 이성민을 응시했다. '귀창'이라는 별호를 알고 있는 이들이었다. 시선은 그들만이 아니었다.

[요괴들이 너에게 관심을 가지는군.]

허주가 킬킬 웃었다.

[놈들이 보기에는 너라는 존재가 굉장히 묘할 테니까 말이다. 반요라고 해야 하나? 그런 반쪽이인 주제에 무식할 정도로

게르무드 125

많은 요력을 가지고 있으니.]

네가 당할 리는 없겠지만. 허주가 웃으며 덧붙였다.

[뒤통수를 조심해라. 요괴가 요력을 가장 쉽게 늘리는 것은 자신보다 강한 요괴를 잡아먹는 것이거든.]

[오랜만이군요.]

이성민의 걸음이 멈추었다. 허주가 낄낄거리는 목소리 너머로 누군가가 이성민에게 말을 걸었다.

목소리의 주인을 알아듣고서, 이성민의 얼굴이 움찔 굳었다. 그는 주변을 둘러보았다.

[나를 찾으려 해도 소용없습니다. 나는 지금 일방적으로 당신을 훔쳐보고 있으니까요.]

'김종현.'

목소리의 주인은 김종현이었다. 게르무드 안에서 뭔지 모를 수작을 부리고 있는 김종현이, 이성민에게 접촉해 온 것이다.

[이런 식으로는 이야기를 나누는 것이 힘든데. 어떠십니까? 도시로 들어오십시오. 제가 마중을 나가도록 하죠.]

무슨 꿍꿍이지? 이성민은 손을 쥐었다가 폈다. 함정? 함정이라 하기에는 너무 노골적이지 않나. 애초에 김종현이 왜 나를 만나고자 하는 것일까. 이성민은 당장 그것을 이해할 수가 없었다.

[아무래도 제 처지가 처지이다 보니…… 직접 가지 못하는 점은

죄송합니다. 또, 당신이 나를 믿지 못한다는 것도 충분히 이해합니다. 나 같아도 믿지 않을 테니까요. 그러니, 맹세하겠습니다. 이 만남에서 나는 절대로 당신에게 해를 끼치지 않을 겁니다.]

일방적인 감시와 일방적인 대화. 뭐라 대답하고 싶었지만 이성민은 김종현에게 답을 보낼 수가 없었다.

이성민은 인적이 드문 곳으로 향했다. 주변에 사람이 없는 것을 확인한 뒤에, 이성민은 입을 열었다.

"왜 나를 보자고 하는 겁니까?"

[당신과 나누고 싶은 이야기가 있기 때문이지요.]

"이런 식으로 대화해도 문제는 없을 것 같은데?"

[그건 너무 정이 없지 않습니까? 당신에게 절대로 나쁜 제안은 아닐 겁니다.]

김종현은 그것을 마지막으로 더 이상 말을 하지 않았다. 오라고 권하기는 했지만 강제적으로 나서지는 않았다. 그럴 수밖에 없었다. 김종현은 이성민을 협박할 수단 같은 것은 가지고 있지 않았다.

[어쩔 테냐?]

허주가 물었다. 아벨과 상의해야 할까? 이성민은 아벨이 있는 마차 쪽을 힐긋 보았다. 김종현이 보란 듯이 한 행동이었다. 그러자, 생각했던 대로 즉시 김종현에게 대답이 돌아왔다.

[당신 혼자서. 직접 선택하여 와 주십시오.]

김종현을 믿을 수 있는가.

가장 먼저 그에 대해 생각해 본다. 솔직히 생각해 보면, 김종현은 여태까지 이성민에게 직접적으로 해를 끼친 적은 단한 번도 없었다.

오히려 그에게 몇 번의 도움을 받았으면 받았지. 에리아 전체를 보자면 김종현은 북쪽에서 수천을 학살하고 남쪽 도시게르무드에서 수만을 학살하였으며, 두 얼굴의 현자라 불리던아르베스를 살해하고 가장 위험한 마도서인 그리모어의 소유자다. 또한 인간이면서 마왕의 힘을 얻은 준 마왕이다.

그런 김종현이었지만, 이성민에게 해를 끼친 적은 없다.

그렇다고 해서 김종현을 신뢰하지는 않는다. 그는 종언을위한 첫 번째 재앙이었고, 지금 이 순간에도 게르무드에서 어떤 꿍꿍이를 벌이고 있다. 준 마왕인 그에게 맹세가 효력을 갖는가?

'어쩌면 기회일지도 몰라.'

어둠 속에서 이성민의 모습이 사라졌다. 그는 흑뢰변천과경공을 섞으며 순식간에 성벽의 앞까지 도착했다. 그리고는즉시 땅을 박차고 성벽 위로 뛰어올랐다.

맹세를 무조건적으로 믿을 수는 없었지만. 이것은 김종현과 독대할 수 있는 기회이기도 했다.

운이 따른다면 김종현의 진의를 파악하는 것에 그치지 않고,

김종현을 죽일 수 있을지도 모른다. 그래. 김종현만 죽인다면.

성벽을 넘어 아래로 떨어진다. 성벽 너머에서 성벽 안으로. 그것뿐인데도 공기가 달랐다. 역한 냄새는 맡아 본 적이 있는 악취였다.

시체가 썩는 냄새. 이성민은 미간을 찡그리며 아래로 떨어졌다. 불 꺼진 도시는 칠흑처럼 검었다.

[이쪽입니다.]

땅에 발이 닿기 전에. 김종현의 목소리가 들렸다.

파바바밧.

시커먼 거리에 불이 켜진다. 배회하는 좀비들은 이성민을 향해 다가오지 않았다. 어둠 속에 떠오른 빛의 구체가 두렵다는 듯 몸을 비틀며 자세를 낮추었다. 길게 이어진 불빛은 마을로 이어져 있었다.

이성민은 서두르지 않았다. 그는 창을 꺼내 쥐었고, 가면을 벗었다.

만약의 사태를 대비하고 준비하기 위해서였다. 그는 천천히 마을로 들어갔다. 이성민은 데스나이트의 기척을 찾았다. 없다. 느껴지지 않았다. 마을에는 좀비들뿐이었다.

불빛이 이어져 있는 것은 마을에서 가장 큰 저택이었다. 문은 스스로 열렸다.

"식사는 하셨습니까?"

안쪽에서 김종현의 목소리가 들려왔다.

널찍한 식당에 김종현이 앉아 있었다. 그는 사람 좋은 미소를 지으며 이성민을 보았다.

언제나 입던 로브 대신에 그는 흰색 셔츠를 입고 있었다. 푸짐하게 차려진 식탁을 힐긋 본다. 식사는 아직이었지만, 김종현과 독대하여 밥을 먹고 싶지는 않았다.

"솔직히 놀랐습니다. 당신이 이곳에 와 있을 것이라고는 생각하지 않았거든요."

대답하지 않았다. 서글서글한 미소를 짓고 있는 김종현은 수만에 달하는 사람을 학살한 장본인이라고는 조금도 느껴지지 않았다.

생각해 보면, 첫 만남 때에도 그랬다. 그는 절단한 장기가 떠 있는 방 한가운데에서도 저런 미소를 짓고 있었다.

이성민은 천천히 주변을 둘러보았다.

"하지만. 당신이 이곳에 와 있다는 것으로 나는 확신을 얻었습니다. 당신은……."

김종현의 말은 끝나지 않았다.

흑뢰번천은 극쾌다.

마음먹고 펼친다면 움직임조차 볼 수가 없다. 환골탈태를 이루지는 못했지만 이성민은 사마련주의 힘을 계승했다.

그의 머릿속에는 사마련주가 도달한 흑뢰번천의 정수가 그

대로 있었다.

꽈아앙!

폭음과 함께 공간이 뒤흔들렸다. 이성민은 내지른 창을 천천히 아래로 내렸다.

격한 인사로군요.

김종현이 쓰게 웃었다.

마음먹고 창을 내질렀음에도 그는 상처 하나 입지 않았다.

"무턱대고 당신과 독대하고자 한 것은 아닙니다. 내 몸을 지키기 위한 수단 정도는 갖춰 두었어요."

"왜 나를 보자고 한 겁니까?"

이성민은 다시 창을 들어 김종현을 향해 거누었다. 김종현의 얼굴에서 웃음은 사라지지 않았다.

"제안이나 하나 드리고자 했습니다."

"어떤?"

"동료가 되자는 제안."

김종현의 웃음이 진해졌다.

이성민은 자신의 귀를 의심했다.

이 상황에서, 김종현이 자신에게 저런 말을 하는 것이 도저히 납득이 되지 않았다.

동료? 나를? 왜?

머릿속에 연달아 질문이 떠올랐다.

김종현은 식탁 위에 가득한, 손도 대지 않은 음식들을 내려보며 말을 이었다.

"당황스러우십니까?"

"당연히."

이성민의 대답에 김종현이 어깨를 으쓱거렸다.

"동향 사람이라는 것만으로 당신에게 이런 말을 하는 것은 아닙니다. 아, 혹시. 내가 수만에 달하는 사람을 죽였다는 것 때문에 동료가 되기에 거부감을 가지시는 겁니까?"

그건 어쩔 수 없는 일이었습니다만. 김종현이 웃으며 덧붙였다.

이성민은 대수롭지 않다는 듯이 웃는 김종현의 표정을 보며 진한 이질감을 느꼈다.

이성민은 오랜 세월을 살았고, 다양한 사람을 만나 보았다.

하지만 김종현 같은 사람은 처음이었다. 수십도 아니고, 수백도 아니다. 수만에 달하는 사람이 죽었다.

전쟁을 벌인 것도 아니다. 죽은 이들에게 그래야 할 만한 이유가 있었던 것도 아니다.

그런데도, 김종현은 자신의 대학살을 '어쩔 수 없는 일'이라고 말하며 웃고 있었다.

[인간이 아니군.]

허주가 중얼거렸다. 김종현의 사고방식은 대부분의 인간과는 아득한 괴리를 가지고 있었다.

이성민도 긴 시간을 살고 많은 일을 겪으면서 정신이 불안정하기는 했지만, 김종현만큼은 아니었다.

"왜 나를 동료로 삼고 싶다는 것이지?"

"어느 정도 이해가 일치한다고 생각하기 때문입니다."

김종현이 양손을 벌려 보이며 말했다.

"하지만 지금 선에서 말하기에는 너무 이르군요. 그야 그럴 것이, 저는 당신의 목적이 무엇인지 모르니까요."

"막는 것."

이성민이 대답했다. 김종현의 두 눈이 이채를 발했다.

"종언을?"

"그리고 당신을."

"그래서 이해가 일치한다는 겁니다."

김종현이 웃는 소리를 냈다. 음식이 식겠군요. 김종현은 그렇게 덧붙이며 손을 가볍게 휘둘렀다. 식탁 위에 훈훈한 공기가 감돌더니 조금 식은 음식들이 다시 데워졌다.

"나 역시 종언을 막는 것을 목적으로 삼고 있습니다. 기쁘게도, 당신과 나는 그러한 것에서 이해가 일치하고 있어요, 동료가 되어 서로 힘을 보태서 나쁠 것은 없지 않습니까?"

"종언을 막겠다는 당신은 수만 명을 죽였습니다. 또, 뱀파이어 퀸이 말하더군요. 당신이야말로 종언의 첫 번째 재앙이라고."

"당신은 뱀파이어 퀸의 말을 믿습니까? 그녀는 일천 년에 가까운 시간을 살아온 괴물입니다. 그녀가 보고, 바라고 있는 미래가 어떤 미래인지 알고 있습니까? 학살포식이 출현하는 미래야말로 종언일 텐데? 그녀가 왜 나를 두고 종언의 첫 번째 재앙이라 말하겠습니까? 종언을 막고자 하는 이들이라면, 그말을 듣고서 당연히 나를 죽이려 할 것임을 알 텐데."

"당신이 죽는다고 해서 그녀가 바라는 미래가 개변되지 않을 테니까."

이성민의 대답에 김종현이 피식 웃었다.

하긴, 그렇겠지.

제니엘라와 김종현은 우군이 아니다. 서로가 바라고, 하고자 하는 일이 다르다.

'내가 제니엘라에게 방해가 되었나?'

방해가 되어서? 필요가 없어서? 어느 쪽이든 제니엘라와 손을 잡는 것은 불가능하군.

김종현은 턱을 어루만졌다. 김종현이 이런 행동을 하게끔 의도했던 것은 제니엘라다.

물론, 김종현은 제니엘라가 볼란데르에 대해 언급하기 이전부터 볼란데르와 거래하기로 마음을 먹어 두었지만.

'의식에 실패하고 불안정한 상태일 때. 제니엘라는 나를 보호해 주었다. 그래…… 그 시점에서 나는 제니엘라가 바라던 미래에 필요했던 거야. 볼란데르와 만나는 것까지도 필요했다. 그리고, 내가 남쪽에서부터 이런 일을 벌이는 것까지도 그녀에게 있어서는 필요한 일이었겠지.'

지금부터는 아니라는 건가, 아니, 그녀의 성격상. 김종현이 정말로 그녀가 바라는 일에 방해가 되었더라면. 자기 자신이 직접 나서서 김종현을 죽였을 것이다.

하지만 제니엘라는 여전히 북쪽에 있다. 그녀는 나서지 않는다.

'당신이 이곳에 온 것은 제니엘라에게 나에 대한 이야기를 들었기 때문에. 제니엘라가 굳이 당신에게 나에 대한 말을 한 것은…… 후후, 그렇군. 내가 그 어떤 행동을 한다 하더라도 그녀가 향하는 미래를 흩뜨릴 수 없다는 것이겠지.'

김종현은 빙그레 웃었다.

"내가 무엇을 하고자 하는지 아십니까?"

"모릅니다."

"나는 북쪽에서 칠천을 죽여 나 자신을 마왕으로 바꾸고자 하였습니다."

"실패했다는 것은 압니다. 그리고, 그 실패가 당신에게 득이 되었다는 것도."

"제니엘라가 생각보다 많은 것을 알려주었군요."

김종현은 낮은 탄성을 흘렸다. 제니엘라는 김종현에게 그런 말을 해주지는 않았다. 하지만, 김종현은 그때 의식이 실패한 것이 결과적으로는 자신에게 득이 되었다는 것을 지금은 잘 알고 있었다.

남쪽 바다에서 열었던 마계로 이어지는 문. 그 문턱에서, 김종현은 마계의 주인들에게 많은 이야기를 들었다.

"당신은 이 세상에 대해 무엇을 알고 있습니까?"

김종현이 물었다.

"에리아. 이 세상이 이계인을 불러들이는 이유. '상태창'이라는 것은 이계인들에게만 주어진 특권이죠. 그것은 우리가 아주 편하고 쉽게 성장하게 해줍니다. 무공과 마법 같은 기술들을 간편하게 익힐 수 있게 해주니까요."

"……무슨 말을 하고 싶으신 겁니까?"

"이 세계는 거대한 실험장이고 사육장입니다."

김종현이 손가락을 들어 천장을 가리켰다.

"누군가가 이 세계의 밖에서 우리를 통해 원하는 것을 얻고 있다는 겁니다. 이 거대한 세계에 살아가는 수많은 사람. 무공과 마법이 공존하고 적당히 통제된 기술이 그를 통해서 발전하고 있지요."

누가? 왜? 무엇을 위해서? 김종현이 웃으며 물었다.

"이 세계에는 온갖 종류의 무공과 마법이 뒤섞여 있습니다. 똑같은 이름을 가진 무공이라 해도 내용은 달라요. 마법도 마찬가지입니다. 재미있는 것은, 그들은 결국 큰 맥락은 비슷한데…… 세부적으로는 아주 조금씩 다르다는 거예요. 긴 세월을 거치면서 그것들은 보완되고 발전하여 완벽에 가깝게 변하였습니다. 예, 이 세계는 그런 곳입니다. 이 세계에서 살아가는 우리는 평생을 바쳐 기술을 완성해가고, 상태창을 통해 그 기술을 쉽게 익히면서 또 발전시키고 앞으로 나아가게 만들지요."

이성민은 침묵하며 김종현의 말을 들었다. 김종현의 웃음소리가 조금 커졌다.

"그래서 이 세계가 사육장이고 실험장인 겁니다. 우리는 그 안의 모르모트죠. 그리고, 종언이라는 것은 살처분입니다. 사육장을 닫고, 실험장을 닫는 거예요. 원하는 것을 얻은 이상 더 이상 이 세계를 유지해 나가는 것에 의미가 없다는 겁니다. 그 뒤에는? 다시 실험장을 여는 겁니다."

사육장. 실험장. 종언. 살처분. 이성민은 김종현이 하는 말을 모두 들었다.

그 말은 이성민의 마음속에서 거대한 파란을 만들었다.

받아들이기 쉬운 이야기는 아니었다. 하지만 이와 비슷한 이야기를, 과거에 사마련주와 아벨이 나누었던 적이 있었다.

"그것을 막는 것은 불가능합니다. 이 세계 자체가 그렇게 되어 있으니까요. 하지만."

"……당신에게는 방법이 있다는 겁니까?"

"예."

김종현이 활짝 웃었다.

"나는 이 세계를 마계와 연결해 버릴 겁니다."

"……뭐?"

"그것으로 종언은 해결됩니다. 이 세계가 종언에서 벗어나지 못하는 것은 이 세계가 그런 운명을 바탕으로 만들어져 있기 때문이지요. 하지만 말입니다. 이 세계, 에리아와 마계를 연결해 버린다면? 그러면 에리아가 가진 운명은 무조건적으로 이루어지지 않습니다. 이 세계가 종언이라는 인과율을 가지고 있듯이 마계 역시 그러니까."

김종현의 목소리가 들떴다.

"온갖 세계에서 사람을 불러들이는 에리아이지만, 절대로 사람을 소환하지 않는 세계가 있습니다. 대마계(大魔界)죠. 하나의 차원에 존재하는 마계에는 보통 하나의 마왕이 있습니다만, 대마계는 아닙니다. 이곳은 강력한 힘을 가진 수많은 군주와 그들을 다스리는 진정한 의미의 마신이 살아가는 곳이죠. 아무리 에리아가 가진 종언의 운명이 강하다 해도, 대마계와 연결되어 버린다면 인과율이 엉클어져 종언은 찾아오지 않게 됩니다."

"미친."

그 이야기를 듣고서 이성민은 헛웃음을 흘렸다.

"마계는 뭐고 대마계는 또 뭡니까?"

"본사와 계열사?"

김종현이 머리를 갸웃거리며 말했다.

"아마 그런 개념이라 이해하는 것이 쉬우실 겁니다. 대마계는 마신이 다스리고, 그 휘하에 강력한 마족들과 군주들이 있습니다. 대마계에서 타 차원으로 파견된 마왕과 마족들이 차원의 틈에 마계를 만들고, 그곳을 다스리지요. 그들의 목적은 결국 차원을 습격하여 그 차원 전체를 완전한 식민지로 삼는 겁니다."

하지만 에리아에는 마계가 없습니다. 김종현이 와인을 들었다. 그는 이성민을 향해 와인을 들어 흔들며 물었다.

"마시시겠습니까."

"됐습니다."

"흠. 꽤 좋은 와인인데…… 뭐, 이게 중요한 것은 아니지요. 어쨌든, 에리아에는 마계가 없습니다. 하지만 이 세상에는 흑마법사도 있고 언데드도 있어요. 마계는 없지만, 마계와의 연결은 이어져 있다는 것이지요. 나는 그 연결통로를 완전히 확장시키고 이 세계와 대마계를 완전히 연결할 겁니다."

"그 후에는?"

"세상은 멸망하지 않을 겁니다."

김종현이 와인잔에 와인을 부었다.

"……마계와 연결이 되면, 이 세상은 어떻게 되는 겁니까?"

"글쎄요? 그건 그때가 되어야 알겠지요. 아마 재미있는 세상이 될 겁니다. 마족들이 자유롭게 이 세상을 오갈 테고, 어쩌면 군주들이 직접 나설지도 모르지요. 그들에게 있어서 이 세상은 다스릴 자가 없는 거대한 땅덩어리일 테니까. 누가 이 세상을 다스리게 될지를 경쟁할지도 모르지요. 어쩌면 많은 사람이 죽을지도 모릅니다만, 하하. 결국 종언을 맞지는 않을 테니 큰 문제는 없지 않겠습니까?"

"문제가 없다고?"

틀렸다.

이성민은 김종현이라는 인간에 대해 확실히 파악했다. 아니, 김종현은 인간이라 할 수가 없었다. 그는 이성민처럼 불완전한 것이 아니었다.

애초부터 그는 저런 괴리를 갖고서 완성되어 있던 것이다. 그는 자신의 행동이, 그리고 하고자 하는 일들이 어떤 결과를 불러올지 잘 알고 있다.

대마계와 에리아를 연결해 버린다면, 종언이 오지 않더라도 이 세상은 종언에 맞먹는 대재앙을 맞닥뜨리게 된다.

김종현이 저지른 일들은 우습게 여겨질 정도의 대학살이 일어날 것이다. 포악한 대마계의 군주들과 마족들이 자유롭게 이 세상을 오갈 것이다.

"미쳤군."

김종현이 하고자 하는 일은 종언을 막는 것이 아니다. 그에 버금가는 대재앙을 새로이 이 세상에 불러오려는 것이지.

"내가 옳지 않다고 여기는 겁니까?"

김종현이 물었다.

"왜 내가 당신에게 이런 말을 하는 것이라 생각합니까? 왜 다른 누구도 아닌, 당신에게 동료가 되자고 말하는 것 같습니까? 왜 이런 이야기를 하는 중에 종언의 사도가 개입하지 않는 것이라 생각하는 겁니까?"

이성민은 대답할 수가 없었다.

"종언의 사도라는 것은 이 세계를 유지하는 시스템입니다. 실험장의 모르모트들이 너무 많은 것을 알지 못하도록 통제하기 위한 시스템. 이 세계의 진실은 극히 일부, 인간보다 격이 높은…… 초월적인 존재에게만 허락되어 있습니다. 진실을 알게 된 모르모트는 처분당합니다."

하지만 지금, 종언의 사도는 개입하지 않고 있다.

"나는 완전한 마왕이 되는 것에는 실패했습니다만, 그렇다고 내가 하고자 한 것이 무의미하지는 않았습니다. 반쪽짜리 마왕이 되는 것에는 성공했기 때문에, 나는 이 세상의 진실을 알 수 있게 되었지요. 또한, 당신도. 이유는 모르겠지만 당신도 나와 비슷한 급의 격을 얻었습니다. 즉, 이 세상의 진실에 대해 알 수 있게 되었다는 겁니다."

[사마련주다.]

허주가 말했다.

[네 스승의 힘을 계승한 것이 이런 식으로도 도움이 되는군. 그는 최후의 순간에 인간을 아득하게 초월했어. 이 세계에 허락되지 않을 힘에 도달했지. 너는 그런 사마련주의 힘을 계승했다. 너 자신이 그 힘을 다룰 수는 없다 해도 그만한 잠재력을 얻었기에 초월적인 격을 얻게 된 거다.]

"이 세상에 미래는 없습니다."

김종현이 말을 계속했다.

"이곳에 살아가는 모든 존재. 요정의 여왕이나 정령의 여왕, 신 따위를 제외한 이들은 필멸의 굴레를 결코 벗을 수가 없습니다. 특히, 인간은 더더욱."

와인잔을 입술로 가져가면서 김종현은 눈을 감았다. 한 모금 술을 마신 뒤에 그는 말을 이었다.

"이 세계에서의 인간은 대부분의 가능성을 금제 당했습니다. 그 금제를 뛰어넘어 인간을 아득하게 초월하게 된다면, 사육장의 주인에 의해 그 초월성을 박탈당하게 됩니다."

아.

이성민의 어깨가 가늘게 떨렸다. 사마련주와 월후, 무신의 싸움. 시종일관 싸움을 압도하고 있던 사마련주는 어느 순간부터 힘을 잃었다.

허주도 비슷한 생각을 했다. 그는 자신의 죽음을 떠올렸다. 어떻게 드래곤 따위에게 사냥당했던 것일까.

"결국 이 세상의 인간은 아무리 강한 힘을 가지고 있다 해도 결국은 인간이기에, 상위 격을 가진 존재에게 무력할 수밖에 없는 겁니다. 그렇다고 제가 시도했던 것처럼, 격 자체를 반전시켜 마왕…… 초월성을 확실하게 손에 넣는다면, 이 세상의 법칙에 의해 추방당하게 되지요."

김종현이 완전한 마왕이 되었다면 이 세계에서 추방당했을 것이다. 사마련주는? 아니, 그는 최후의 순간에 자신이 이 세상을 떠나는 것을 선택했다.

김종현과는 경우가 다르다.

"그런 세상에 무슨 의미가 있습니까? 이 사육장 안에서. 가능성이 금제 당한 인간은 모르모트 노릇을 하며 살처분의 때가 되었을 때에 살처분 당할 수밖에 없습니다."

김종현이 몸을 일으켰다. 그는 이성민을 향해 다가오며 손을 내밀었다.

"마계와 연결한다면 종언은 오지 않습니다. 이 세계의 법칙으로서 금제된 인간의 가능성을 다시 얻게 되리란 보장은 없습니다만, 종언은 오지 않습니다."

이성민은 김종현의 손을 내려 보았다.

조금의 침묵 끝에, 이성민은 김종현에게 물었다.

"당신은 인간입니까?"

"하하, 이상한 것을 묻는군요. 저는 인간이 아닙니다. 마왕에 가깝지요."

김종현이 웃으며 대답했다.

그 대답으로 충분했다.

잘못되었다.

이성민은 자기 자신을 선한 사람이라고 생각하지는 않았다. 스스로 그렇게 주장하는 것은 역겨운 거짓이다. 하지만, 그럼에도 이성민이 포기하지 않는 것이 있었다.

내가 인간이라는 것. 그것은 어느새부터인가 이성민에게 있어서는 굉장히 중요한 것이 되어 있었다.

언제 요괴가 될지 모르기에, 지금 자신이 인간이라는 것을 잊지 않는다. 요괴가 되어버리면 어떤 자신이 되어버릴지 모르기에 인간으로서 있는 지금의 자신을 믿는다.

김종현은 틀렸다.

이성민은 그런 생각까지는 하지 않았다. 다만, 그가 바라는 것에 공감하지는 않았다. 김종현을 도와 그의 목적을 이루어지게끔 만들고 싶지 않았다.

김종현은 인간이 아니다. 그의 육체는 반쪽짜리 마왕이었지만, 그 안에 자리 잡은 김종현이라는, 한때의 인간은 애초부터 인간이라고 할 수 없는 괴물이었다.

김종현의 계획이 성공한다면, 그가 말했던 것처럼 이 세상은 종언의 운명에서 벗어날 것이다. 하지만, 그 뒤에는?

결국 변하는 것은 없다. 방법의 차이일 뿐. 종언이 이 세상을 끝내는 것과 에리아와 연결된 마계에서 들어올 마족과 마왕에 의해 이 세상이 끝나는 것.

굳이 차이를 두자면 전부 죽거나 일부나마 살아남는 것 정도일까. 그래, 어쩌면 김종현이 하고자 하는 것은 과격한 해결법일지도 모른다.

"당신이 틀렸다고 하지는 않겠습니다."

이성민은 해결법을 알지 못한다.

"하지만, 나는 당신과 함께할 수 없겠습니다."

"어째서입니까?"

김종현이 질문했다.

"알고 있습니다. 당신이 종언의 가호를 받고 있었다는 것. 어쩌면 이 세상을 종언이라는 운명으로 인도한 것은 바로 당신일지도 모르지요. 당신도 그를 알고 있지 않습니까? 당신이 이곳에 온 것은, 종언의 첫 번째 재앙이라는 나를 막기 위해서가 아닙니까. 결국 당신이 바라는 것은 종언을 막는 것 아닙니까?"

"그렇죠."

"흠."

김종현은 턱을 어루만졌다. 잠깐의 침묵 뒤에, 김종현은 머리를 끄덕거렸다.

"당신에게 강요할 생각은 없습니다. 당신이 힘을 더해주었다면 더 좋았겠지만, 뭐. 그것이 제 마음대로 되는 것은 아니니까."

솔직히 말하자면 한 번 떠볼 생각이었다. 적어도, 김종현은 이성민에게 거짓말을 하지는 않았다.

이 세상의 목적. 종언의 정체. 그런 것들에 대해서는 마계의 문턱에서 그 너머에 있는 군주들에게 들었다.

마계와 에리아를 연결할 수 있다는 가능성에 대해서도 그들에게 들었다.

할 수 있다. 해볼까, 그런 마음으로 이런 일을 벌였다.

"당신의 존재는 나에게 있어서 줄곧 의문이었습니다."

처음 만났을 때부터. 김종현은 가지고 있는 눈으로 이성민의 정체를 어느 정도 간파했다. 하지만 그 당시에, 김종현은 종언에 대해서는 완전히 알지 못했다.

그때 김종현이 파악했던 것은 뭔가 알 수 없는 가호가 이성민을 보호하고 있다는 것이 전부였다.

"한 번 죽어 과거로 돌아온 당신은 내가 모르는 나를 알고 있었지요. 당신의 존재 덕에, 나는 줄곧 의문과 궁금증을 가져왔습니다. 당신의 전생에서 나는 대체 무엇을 하고 있었을까. 나는 어땠을까."

"……적어도. 내가 죽을 때까지, 나는 김종현이라는 이름을 들은 적이 없었습니다. 흑색 마탑주의 이름까지는 기억나지 않지만, 내 전생에서…… 당신은 북쪽의 대학살을 벌이지는 않았습니다."

"그렇다면 나는 당신의 전생에서 흑색 마탑주로 지내지 않았을 겁니다. 아마, 당신과 처음 만났을 때처럼. 별 흥미도 욕구도 없이, 마탑에 소속되어 나 혼자만의 연구에 빠져 살았겠지요. 내가 무슨 말을 하고 싶은지 아시겠습니까?"

"모릅니다."

"내가 이렇게 된 것은 당신과 만나서입니다."

김종현은 아직까지 내밀고 있던 손을 아래로 내렸다.

"당신의 전생에서 나는 아무것도 하지 않았지요. 당신과 만나기 전에 나는 별다른 욕구도 흥미도 없었습니다. 당신과의 만남은 나에게 있어서 많은 변화와 계기를 가져다주었습니다. 누군가의 기억에 새겨지지 않을 정도의 인물로 끝났다는 것이 여러모로 충격이었죠."

할 수 있나? 해볼까?

"그래서 흑색 마탑주가 되었고 프레데터에 들어갔습니다. 아르베스의 환심을 사 그의 심복을 자처했고, 아르베스를 소멸시켜서 그의 그리모어를 빼앗았지요. 마왕이 되고자 했고, 실패했습니다. 그리고 지금은 이런 일을 벌이고 있습니다."

그렇게 말하는 김종현은 즐거워 보였다. 마치 어린아이가 좋은 점수를 받은 시험지를 부모에게 건네는 것처럼.

"원래라면 의식할 수 없는 전생의 나를 의식하는 것은 나로서는 즐거운 일이었습니다. 그런 나와 다른 내가 된다는 것…… 그런 일탈감이 줄곧 나를 즐겁게 하였지요."

"그렇다면 이것으로 끝내면 되는 것 아닙니까?"

"아뇨, 그럴 수는 없습니다. 할 수 있으니까 해보는 것뿐입니다. 애초에 나는 딱히 종언을 막고 싶어서 이런 일을 벌이는 것이 아니고…… 확인차 묻겠는데. 당신은 저를 막으실 겁니까?"

"예."

"일단은. 내 행동으로 종언은 막을 수 있습니다. 당신은 그것을 확실히 이해하고 있는 것이겠지요? 알면서도 나를 막으려는 것이고. 결국 종언을 막기 위한 제대로 된 수단도 갖고 있지 못하면서."

김종현이 큭큭거리며 웃었다.

"말하지 않았습니까. 종언은 살처분입니다. 필요 가치가 없는 사육장의 모르모트들을 모두 죽이는 것이에요. 그리고 새로운 사육장을 여는 것이죠. 내가 첫 번째 재앙이라고 했습니까? 나 다음에 어떤 두 번째가 올지 상상은 하고 계십니까?"

이성민은 머리를 가로저었다. 김종현이 큰 소리로 웃었다.

"내 스승은."

사마련주의 마지막을 떠올린다.

"나 때문에 죽었습니다. 내가 종언을 막고 싶다고 말하지 않았더라면 내 스승은 그렇게 죽지 않았을 텐데. 내가 그에게 말하였기 때문에, 그는 그렇게 죽었습니다."

"스승의 유지를 이으시겠다?"

"내가 저지른 일에 책임을 지고 싶은 겁니다."

사마련주가 종언을 막겠다고 마음먹은 것은 이성민이 그렇게 하자 부탁했기 때문이다. 그런 부탁이 없었다면, 사마련주는…… 지금까지 살아 있을지도 모른다.

"이틀입니다."

김종현이 두 개의 손가락을 들어 올렸다.

"나는 이틀 뒤에 이 도시를 떠날 겁니다. 마계와 이 세상을 완전히 연결하기 위해서는 이곳에서의 준비만으로는 부족하니까요. 하지만 이 도시에서 벌인 일은 마계와의 최초의 연결점이 될 겁니다. 그 후에 충분한 제물이 모인다면 완전히 마계와 연결되겠지요."

이틀. 김종현이 다시 한번 말했다.

"내가 당신을 여기서 죽인다면 당신은 이 도시를 떠나지 못할 겁니다. 당신이 하고자 하는 일도 실패할 테고."

"이성민. 당신은 강해요. 하지만…… 내가 당신의 힘을 상상하지 못하고서 당신과 마주 서서 대화할 것이라 생각했습니까?"

시험해 볼까. 이성민은 창을 잡은 손에 힘을 주었다. 자색 전류가 창대를 타고 흐른다.

처음의 일격은 김종현의 방어를 뚫지 못했다. 하지만 지금은 어떨까?

[볼란데르가 보고 있다.]

허주가 경고했다.

안다. 어느새 이 저택 주변에 다수의 기척이 모여 있었다. 데스나이트들이다. 그 중 볼란데르의 존재감이 짙다. 김종현을 죽일 수 있을까? 볼란데르는? 다른 데스나이트들은?

[그냥 물러서는 것이 좋을 것 같군. 네 목숨을 건다고 해서 김종현을 죽일 수 있으리란 보장은 없다. 놈에게서 이질적인 기운이 느껴져. 그리고 볼란데르는 네가 상상한 것보다 강하다. 지금의 네가 볼란데르까지 상대하면서 김종현을 죽이는 것은 불가능해.]

"당신은 나를 해하지 않는다고 맹세했습니다."

"그렇죠. 나는 당신을 해하지 않을 겁니다."

[김종현이 나서지 않는다고 해도 네가 불리하다는 것이 변하지는 않아. 데스나이트 군단이 볼란데르 외에 별 볼 일 없는 이들이라 생각하나? 볼란데르의 존재 자체가 그들을 지닌 여력보다 강하게 만든다. 이곳에서는 몸을 빼는 것이 상책이야.]

허주가 이렇게까지 조언하는 것은 처음이었다. 이성민은 그

의 말에 반론을 제시하지 않았다. 이곳에서 김종현을 죽이는
것은 불가능하다는 사실을 인정했다.

"나는 당신이 싫지 않습니다."

몸을 돌려, 저택 밖으로 나가려 하는 이성민에게 김종현이
말해왔다.

"당신의 존재가 나에게 있어서 큰 계기가 되었으니까요. 그
러니, 나는 당신에게 전한 제안을 거두지 않겠습니다."

언제고 원한다면 김종현과 손을 잡을 수 있다. 김종현은 그
스스로 그런 여지를 남겨두었다.

이성민은 김종현의 말에 대답하지 않고서 저택을 나왔다.
저택을 나온 순간, 주변을 뒤덮고 있던 데스나이트들의 적의
는 사라졌다.

"중요한 말입니다."

도시로 돌아온 이성민은 아벨이 있는 마차의 문을 벌컥 열
었다.

아벨은 산처럼 쌓인 스크롤을 곁에 두고서 마나를 회복하
는 중이었다. 그는 감고 있던 눈을 뜨고서 이성민을 보았다.

"도시에 다녀왔나?"

"김종현이 불러서."

"무슨 이야기를 나누었지?"

"그에 대해 논의하고자 하는 겁니다."

이성민은 아벨의 곁에 놓인 그리에스를 힐긋 보며 말했다. 그러자 아벨의 눈썹이 찡그려졌다.

"자기 수명 아니라고 막 쓰게 하는군."

"안 들으실 겁니까?"

"들어야지. 중요한 이야기라면."

프라우를 불러오지. 아벨이 몸을 일으켰다.

"교회는 믿을 수가 없어. 성인인 테레사는 제법 선해 보였다만, 그렇다고 내 수명을 바쳐가며 이야기를 공유하고 싶은 상대는 아니다."

얼마 지나지 않아 아벨이 프라우를 데리고 왔다. 프라우는 헝클어진 머리를 손으로 쭉쭉 당기며 마차 안에 털썩 앉았다.

"잠도 못 자게 하는군."

"잠은 무슨. 남자랑 뒹굴고 있던 주제에. 네 제자는 뭔 죄라고 네 마차의 문 앞에서 그 난잡한 소리를 듣고 있어야 하는 것이냐?"

"스승을 떠난 죄지."

"나 같아도 너 같은 년이 스승이면 떠나겠다."

아벨은 투덜거리면서 그리에스에 손을 올렸다. 프라우의 눈이 이채를 발했다.

"……위험한 마법을 쓰는군. 수명을 담보로 하는 마법의 끝에 기다리고 있는 것은 끔찍한 파멸뿐이야."

"알아."

결계가 펼쳐진 뒤에, 이성민은 김종현과 나눈 이야기에 대해 모두에게 들려주었다. 이성민은 사마련주의 힘을 계승하여 종언의 언급에 자유로운 격을 얻었으나, 프라우와 아벨은 아니었기 때문이다.

"미친놈."

이성민의 이야기가 끝났을 때, 아벨은 양손으로 얼굴을 감쌌다.

"종언을 막는다고? 헛소리다. 대마계와 이 세상이 연결된다면, 종언의 살처분으로 이 세상이 끝나는 것이 오히려 나을 지경이 될 거야. 적어도 종언은 이 세상을 공평하게 끝낼 테니까."

"마계와 연결되면 대체 어떻게 되는 겁니까?"

"세상이 미쳐 버려."

대답한 것은 프라우였다.

"단순한 마계도 아니고 마신과 군주들이 살아가는 대마계다. 그것과 연결되어버린다면…… 세상이 정말로 미쳐 버릴 거야. 그들은 인간의 이치를 아득하게 벗어난 존재다. 수천수만에 달하는 혼을 종속시키고 긴 시간을 살아가며 그에 마땅한 힘을 가진 괴물들이지. 그들은 존재만으로 격 낮은 이들을 공포에 미치게 만든다."

그런 경험은 이성민에게도 있었다. 예전에 프레스칸의 던전에서 그에게 사로잡혔을 때. 프레스칸이 불러들인 공포의 마왕은 그 잔재만으로도 이성민을 공포에 미치기 직전까지 만들었다.

"대마계와 이어진다는 것은 이 세상을 사육장이 아닌 도살장으로 만드는 거야. 건너온 마족들은 유흥거리 삼아 보이는 모든 것을 파괴하겠지. 몰살은 아닐 거야. 일부는 살아남겠지. 그리고…… 그 일부가 조금이라도 늘어났을 때. 다시 학살이 시작된다. 이 세계는 마족을 위한 놀이터가 될 거다."

차라리 종언이 낫다. 이성민도 아벨이 한 말에 어느 정도 공감했다.

"하지만."

얼굴을 손으로 감싼 아벨의 손이 천천히 아래로 내려갔다.

"김종현이 그 미친 짓을 벌이는 것이 오히려 기회로군."

"무슨 말입니까?"

"그리에스를 가져오기 잘했다."

아벨은 그리에스를 어루만지며 중얼거렸다.

"대마계와 이 세계를 연결하는 것으로 이 세계의 운명을 엉큰다. 그래…… 그 대상이 대마계라는 것이 문제일 뿐이야. 대마계가 아닌 다른 세상과 연결한다면, 종언을 막을 수 있다."

"그게 가능한 겁니까?"

"가능해."

아벨이 확신에 찬 목소리로 말했다.

"나는 마법사의 정점이니까."

강한 자신감을 내비친 뒤에, 아벨은 이성민과 프라우에게 자신이 하고자 하는 일에 대해 알려주었다.

"김종현의 방법이 틀린 것은 아니야. 연결하는 대상이 대마계라는 것이 문제지."

대마계와 연결해 버린다면 종언의 운명에서 벗어난다고 해도 마족들에 의해 이 세상이 멸망에 준하는 타격을 입게 된다. 깔끔한 몰살이라는 종언과는 다르게 마계에 종속되어 영겁의 고통을 당할 터이니, 차라리 종언이 나을 지경이다.

"다른 세상과 연결하면 돼."

불가능한 일이라면 애초에 말하지도 않았을 것이다.

"그리에스는 그리모어의 쌍둥이 마도서다. 그리모어가 할 수 있는 일을 똑같이 할 수는 없지만, 그리모어가 하고자 하는 일의 방해는 할 수 있어. 이틀…… 이틀이라고 했나?"

"예. 이틀 뒤. 게르무드를 최초로 대마계와 연결하고서, 그 후에는 다른 도시로 떠나겠다고 했습니다."

그 말에 아벨은 잠깐 생각에 잠겼다. 차원과 차원을 연결한다는 것은 단순히 문 하나만 덩그러니 열어 둔다는 것으로 그치는 일이 아니다. 두 개의 세상을 아예 하나의 세상으로 이어 버리는 일이다. 그러다 보니 게르무드 하나로는 부족하다.

"어떤 세상과 연결할 테냐?"

프라우가 물었다.

"다른 차원과 연결하는 것이 종언을 피하기 위한 답이 될지는 난 잘 모르겠지만 말이야. 김종현의 말이 사실이라면, 이 세상과 대마계를 완전히 연결하려면 충분한 제물이 더 필요하다고 했다. 연결할 세상이 달라진다고 해도 제물이 더 필요하다는 것은 변하지 않을 텐데?"

"이미 연결되어 있는 세상을 써먹으면 돼."

촤락.

아벨이 그리에스를 펼쳤다. 그는 그리에스의 마법을 확인하면서 두 눈을 가늘게 떴다.

"정령계가 좋겠군."

"정령계?"

"정령계는 이미 이 세상과 연결되어 있다. 하지만 두 세상이 하나로 이어진 것은 아니야. 정령은 부름에 따라 이 세상을 오갈 수 있지만 이 세상의 존재가 정령계를 오가는 것은 불가능한 일이니까. 그 통로를 확장시킨다면…… 그래. 김종현이 열고자 하는 차원문의 좌표를 정령계로 바꾸면……."

아벨이 쉼 없이 중얼거렸다. 그는 자신의 이론이 옳은가에 대해서 머릿속으로 분석했다.

불가능하지는 않다. 그리에스의 마법을 쓴다면 그리모어의 마법에 확실하게 간섭할 수가 있다.

하지만 그것과 이 계획이 성공하는가는 전혀 다른 문제 아닌가. 정령계와 연결한다고 해서 에리아가 가진 종언이라는 운명이 사라질 것인가?

수만에 달하는 언데드와 데스나이트의 군세를 돌파하고, 준 마왕이라는 격을 가진 김종현을 쓰러뜨려 그의 마법을 빼앗을 수 있을까?

아니.

아벨은 아랫입술을 잘근 씹었다. 이런 고민은 지금 할 이유가 없다. 확신이 없다는 이유로 방관하고 있다가는 김종현의 계획이 성공한다.

이쪽이 하고자 하는 일의 가능과 불가를 떠나서, 대마계와 이 세상을 연결하는 일 자체가 일어나서는 안 되는 일이다.

"교회와 이야기를 해봐야겠다."

아벨이 몸을 일으켰다.

"이틀 뒤라고 했지. 적어도 내일 출전하여 게르무드를 진압하고, 김종현을 제압하든가…… 아니면 죽이든가 해야 해. 이틀 뒤에 출전하는 것은 너무 늦어."

이성민은 머리를 끄덕거리며 몸을 일으켰다. 프라우는 뚱한 얼굴로 앉아 움직이지 않았다. 그녀도 사태의 심각성을 잘 알았다.

[야나에게 도움을 청하지는 않을 테냐?]

'믿을 수 없다.'

이성민은 주저하지 않고 대답했다.

'야나에게 힘을 준 것은 마령이야. 신령의 행동이 의심 가는 이상 마령도 믿을 수가 없어. 애초에 그 둘이 구체적으로 무엇을 바라고 있는 것인지 모르니까.'

[그 말. 굳이 야나에게만 해당되는 것이 아님은 너도 잘 알고 있겠지?]

이성민은 주먹을 꽉 쥐었다. 그조차도 모르고 말할 정도로 미련하지는 않다. 야나가 검은 별 중 하나인 적귀의 심장을 뽑아버릴 만큼 압도적인 힘을 가지게 된 것은 마령정에서 마령에게 힘을 받았기 때문이다. 그리고, 마령정에서 마령과 만난 존재는 야나뿐만이 아니었다.

위지호연.

그녀도 마령정에서 마령과 만났다. 그곳에서 어떤 일이 벌어졌는지는 모른다.

하지만, 만약 이 일이 성공적으로 마무리된다면. 이성민은 이곳에서 그리 멀지 않은 휴잴산맥을 찾아가, 마령과 만나 볼 생각이었다.

[마령을 의심하여 야나를 의심하는 것이라면. 너는 그 계집
도 의심한다는 뜻이다.]

'……그렇지.'

아니기를.

그런 생각을 한다. 마령과 신령이 바라는 바가 다르기를.

결계를 해지한 아벨은 조금 피곤해 보였다. 그는 이미 수백
년을 살아왔고, 어쩌면 앞으로도 수백 년을 더 살지도 모른다.

그렇다고는 해도 수명을 담보로 하는 그리에스의 마법은 그
에게 많은 부담을 주고 있었다.

"시간이 없어."

하지만 아벨은 쉬지 않았다. 김종현은 이틀을 말했으나 그
가 말한 이틀을 무조건적으로 믿을 수가 없다.

어쩌면 이미 마법은 완성되어 있을지도 모른다. 김종현이
말한 이틀은 토벌을 위해 모인 이들을 기만하는 희망 고문일
지도 모르는 것이다.

"궁금한 것이 있다."

교회의 집회는 조용하며 시끄러웠다. 모순적인 말이지만 사
실이었다.

테레사를 비롯한 신관과 성기사들은 모여 무릎 꿇고 앉아
각자의 신에게 침묵으로 기도를 올렸고, 그들의 주변에 모인

이들은 소리를 내어 자신의 안위를 위해 신에게 부르짖었다.

그 요란한 집회를 향해 다가가며 아벨이 입을 열었다.

"왜 김종현의 제안을 거절했나?"

"대답할 필요가 있습니까?"

"김종현은 너 하나의 목숨은 보장해 줬을 것이다."

김종현이 이성민에게 보인 호의는 진짜였다.

"미친 짓이라고는 해도 김종현의 방법이 종언을 피하게 해 주는 것은 틀림없는 사실이지. 대마계와 이 세상이 연결되어버린다면, 준 마왕인 김종현은 완전한 마왕의 지위를 손에 넣었을 거야. 그는 세력을 가지고 있지 않지만, 에리아라는 세상을 식민지로 갖다 바치는 이상 마신에게도 어여쁨을 받겠지. 그렇게 되면 다른 군주와 대마족들도 김종현을 감히 어찌할 수 없었을 것이다."

"무슨 말을 하고 싶으신 겁니까."

"이 세상이 마족에 의해 놀잇감이 된다 하더라도. 네가 김종현과 손을 잡았더라면, 너는……."

"그만."

이성민의 목소리에 날이 섰다.

"내가 바란 것은 나 자신의 안위가 아닙니다."

"이 세상을 구하고 싶다는 것이 네 진심이란 말이냐? 사마련주가 그것을 위해 죽어서, 그 책임을 지기 위해서가 아니라?"

아벨이 마른 웃음을 흘리며 물었다.

"아니면 너라는 존재가 관측자가 되어, 이 세상에 종언을 불러온 것에 대한 책임인가?"

"그것이 이유인 것이 잘못되었습니까?"

"그 이유가 너를 간절하게 만든다면 큰 상관은 없지. 결국에 자기 목숨까지 포기하게 만들 정도로 간절한 이유라면 상관없어."

간절함.

그를 절감했던 적이 없는 것은 아니다. 던전에서 백소고가 죽음을 막기 위해 위지호연의 도플갱어와 맞섰을 때.

힘을 잃은 위지호연을 보호하기 위해 암존과 싸웠을 때. 스칼렛의 위기를 막기 위해 김종현 일차 토벌전에 참가했을 때.

사마련주를 돕기 위해 신령의 결계를 부수려 했을 때. 그 외에도 이성민은 여러 번 간절함을 느껴왔다.

"나는 간절해."

아벨의 몸이 붕 떠올랐다. 그는 집회로 모인 군중을 뛰어넘었다.

종언에 대해서는 말하지 않았다. 아벨은 할 수 없는 이야기를 교묘히 피해 김종현의 노림수에 대해 설명했다.

그는 군중의 시선을 의식하지 않았다. 오히려 그들을 선동하는 것이 중요했다.

종언에 대해 말하지 않았음에도, 아벨이 토해낸 열변은 군중을 선동하기에 충분했다. 대마계와 연결한다는 것이 어떤 의미인지에 대해 충분히 힘을 주어 설명한 탓이었다.

그들은 남녀노소를 구분하지 않는다. 마족과 마족 아닌 자로 구분할 뿐이다. 수많은 이들이 죽을 것이고 수많은 이들이 농락당할 것이다.

너 자신이, 너의 친구가, 너의 가족이. 그들을 대상으로 하여 마족들이 할 행동을 쏟아냈다. 그것은 이 세상 그 무엇보다 끔찍한 욕이자 협박이었다.

모든 연설이 끝났을 때.

군중은 김종현에 대한 살의와 적의에 미쳐 있었다. 아벨의 연설 동안 침묵하고 있던 교회의 병력은 자기들끼리 이야기를 나누었다.

그렇게 출전의 시간이 결정되었다. 내일 정오에, 게르무드의 성문을 부수고 그 안으로 진입하는 것이 결정되었다.

"김종현이 보고 있을 겁니다."

아벨이 살짝 머리를 끄덕거렸다. 김종현은 이 모든 것을 보고 있을 것이다. 그렇기에, 이것은 기습이 아니다.

"마계라니……"

테레사의 어깨가 가늘게 떨렸다. 그녀는 목에 걸고 있는 로자리오를 꽉 쥐었다.

게르무드의 성문에 모인 수천은 담합되지 않은 군중에 불과

했다. 하지만 지금은 똑같은 목적을 가진 집단이 되었다. 그중에서 몇이나 써먹을 수 있을까. 사용 가치가 있는 인물은? 아벨은 높이 떠올라 좌중을 내려 보았다.

'적다.'

대부분이 떠돌이. 혹은 이 주변에서 살아가던 원주민. 용병과 무림인이 없는 것은 아니지만 그저 그런 실력을 가진 야인이다. 공포를 먹기 위해 온 요괴들은 논할 가치가 없다.

그나마 써먹을 수 있는 것은 교회의 성기사와 신관들……성인인 테레사가 얼마만큼의 힘을 발휘할 수 있을까.

'중요한 것은 길을 여는 거야.'

김종현에게 도달하기 위한 길.

"결국 이렇게 되는군."

김종현은 수정구슬에 올렸던 손을 치웠다. 빛을 잃은 수정구슬은 더 이상 게르무드 성문 바깥에서 벌어지는 일에 대해 보여주지 않았다. 더 볼 필요는 없었다.

'하지만. 선택권은 당신에게 주었다.'

만약에 이성민이 저들을 배신한다면, 김종현은 기쁘게 그를 맞이할 것이다. 이성민이 배신하지 않는다면? 상관없다. 죽이면 될 뿐이지.

김종현은 이성민에게 거짓말을 하지 않았다. 대마계와 연결하는 것도. 아직 마법이 완성되지 않았다는 것도.

"내일이면 토벌군이 올 겁니다."

볼란데르는 대답하지 않았다.

그는 김종현이 하고자 하는 일이 무엇인지 알고 있었다. 이 세상과 마계를 연결하는 것이 어떤 의미를 가진 일인지도 안다.

하지만, 결과적으로 볼란데르의 바람은 이루어진다.

그와 데스나이트들이 바라는 것은 사람이 되는 것. 김종현은 그들을 사람으로 바꾸어 주겠노라 맹세했고, 그를 어길 생각은 없었다.

애초에 데스나이트들에게는 선택권이 없다. 이미 그들은 사람으로 되돌아가기 위해 수만에 달하는 무고한 시민을 학살했다.

결과적으로 그들은 사람으로 되돌아갈 수 있다. 그 후에 이 세상은 마계와 연결되겠지. 그것은 끔찍한 세상을 만들겠지만, 데스나이트들이 바란 것은 사람이 되어 행복하게 사는 것 따위가 아니다.

마왕에게 묶여 있는 혼을 되찾아 사람이 된 뒤에, 완전한 죽음을 맞는 것이다.

마왕에게 혼이 묶여 있을 때에는 죽는다 해도 윤회할 수가 없다. 혼이 마왕에게 종속되어 있으니까.

"약속은 지키리라 믿는다."

"걱정하지 마십시오. 나는 당신들을 사람으로 만드는 것……
당신들에게 윤회의 기회를 주는 것을 약속했지 않습니까."

김종현이 빙그레 웃으며 말했다. 수백 년의 시간을 데스나
이트로 살아온 저들이 바라는 것은, 이제 와서 사람이 되어
사람의 삶을 사는 것 따위가 아니다.

수백 년에 달하는 언데드로서의 삶을 끝내고, 인간으로서 죽
어 모든 것을 망각한 채 윤회의 고리 안으로 들어가는 것이다.

'그래도…… 이것 하나는 의문이군. 이성민. 당신은 마법사
길드장과 그 마차에서 무슨 이야기를 나눈 것이지?'

김종현은 아벨과 이성민, 프라우 셋이서 나눈 이야기에 대
해서는 듣지 못했다. 아벨이 펼친 그리에스의 결계는 이 세상
모든 간섭을 배제한다.

뭔가 꿍꿍이가 있는 것은 분명한데.

김종현은 턱을 어루만지며 생각에 잠겼다. 꿍꿍이 따위 없
이, 단순히 마계와의 연결을 막기 위해 바로 내일 출전하는 것
인가?

'상관없지.'

볼란데르를 내보내고서, 김종현은 즐거운 기분을 느끼며 침
대에 누웠다.

평소보다 이른 시간이었지만, 늦잠을 자서는 안 되니까.

굳게 닫힌 게르무드의 성문 앞에 사람들이 모였다.

선두에 선 것은 백마에 올라탄 수백에 달하는 성기사들이었다.

그들은 자진하여 선봉을 맡았다. 자진하여 나선 것은 대의를 위한 희생정신 때문이 아니라, 선봉을 맡는 것이 그들에게 있어서 가장 편했기 때문이다.

그 뒤에는 게르무드 주변에서 몰려온 군중들이 자리를 잡았다. 그들은 게르무드라는 도시를 몰살시킨 김종현에 대한 살의로 이를 갈고 있었다.

전날 밤에 아벨이 군중을 향해 토해낸 열변은 그들의 살의에 끓는 기름을 부은 격이었다.

신관들은 성인인 테레사를 중심으로 모였다. 굳게 닫힌 문을 보며 테레사는 스태프를 가슴에 끌어안았다.

성인으로서 교회에서 대우받아 왔지만, 이런 식의 전장에 나서는 것은 처음이었기 때문이다.

이성민은 아벨, 프라우와 함께 독자적으로 움직이기로 했다. 그들의 목적은 김종현을 치는 것이다. 그에 대해서는 백은 기사단의 단장인 테오스 그리고 대신관들과 이미 이야기를 끝내두었다.

-쿠르르릉!

아벨이 손을 들어 올리자 둔중한 폭음이 울렸다. 주변 기온이 높이 솟구쳤다. 아벨의 손바닥 위에는 회오리치는 불꽃이 올라가 있었다.

"신이시여."

테레사가 중얼거렸고, 아벨의 마법이 성문을 박살 냈다.

으아아아!

군대가 되어버린 군중이 고함을 질렀다. 선두에 선 테오스는 자신이 이끌고 있는 백은기사단이 보란 듯 랜스를 높이 치켜들었다.

테오스의 애마가 앞발을 크게 들어 올렸다.

부서진 성문 너머에서는 좀비들이 몰려와 있었다. 지금 시간에 침공해 올 것임을 알았다는 듯이. 공성전도 생각해 보았지만 이쪽의 전력은 공성전을 벌이기에 그리 좋지 않았다.

애초에 김종현 쪽에서는 성문을 수성한다는 생각 따위는 하지 않은 것만 같았다. 하지만 성문이 돌파당할 것이라는 생각쯤은 하였는지, 선두에 선 좀비들은 방패 따위를 들고서 전면을 가로막고 있었다.

게르무드 무기고를 뒤져서 방패로 쓸 수 있을 만한 건 모조리 들고나온 모양이었다.

"돌격!"

테오스가 고함을 질렀다. 그의 말이 전력을 다해 질주했다. 테오스는 자세를 낮추고 랜스를 앞으로 곧게 뻗었다. 그의 뒤를 따르는 수백의 성기사들이 똑같은 모습을 취했다.

후방의 사제들이 양손을 가슴 앞에 모으고 마법을 준비했다. 온갖 종류의 버프 마법이 성기사들에게 깃들었다. 그렇게 성기사들은 한 자루의 거대한 랜스가 되었다.

아니, 막는 것을 모조리 집어삼키는 백색의 파도가 되었다.

충돌음 따위도 나지 않았다. 한계에 다다른 속도와 버프 마법을 몸에 휘감은 성기사들의 돌진은 선두를 가로막고 있는 좀비들을 완전히 분쇄했다.

방패를 들었다고 해도 그들은 방패술도 제대로 사용하지 못하는 지능 없는 좀비들이었다. 언데드로서 얻은 육체의 강인함은 지금 이 순간에는 두부처럼 물렀다.

"와아아아!"

성기사들의 돌진이 좀비 무리의 선두를 분쇄하자, 그 모습에 사기를 얻은 군대가 돌격했다. 그들은 질긴 생명력으로 버둥거리는 좀비의 머리를 짓밟고 무기를 휘둘렀다. 전장은 삽시간에 완성되었다. 좀비의 역한 피비린내가 사방을 뒤덮었다.

신관들이 즉시 준비에 나섰다. 성기사들은 좀비의 피가 발하는 독에 대한 면역력을 갖추었으나 이곳에 모인 군중들은 아니다. 그들은 빠르게 해독 버프를 걸어주면서 앞서 나가는 이들과 떨어지지 않도록 진군했다.

그들 한가운데에서 테레사는 창백한 얼굴로 주변을 둘러보았다. 전투가 시작된 지 아직 십 분이 채 되지 않았다.

그사이에 몇이나 죽었지? 테레사는 로자리오를 꽉 움켜쥐었다.

좀비의 독은 그녀를 전염시키지 않았으나 악취까지 막히지는 않았다. 호흡하기조차 힘든 악취 속에서 테레사는 숨을 헐떡거렸다.

선두의 좀비 무리를 랜스 차지로 박살 내고서, 성기사들은 일제히 무기를 바꿔 쥐었다. 날렵한 창을 쥔 그들은 말 위에서서 좀비들의 머리를 향해 창을 내리찍었다.

퍼억, 퍽.

그런 소리가 일사불란하게 울렸다. 군대가 되어버린 군중은 그 틈 한가운데로 달려들어 악귀 같은 표정을 지으며 무기를 휘둘렀다.

테레사는 그 모든 것을 지켜보면서 어깨를 덜덜 떨었다. 좀비라고는 해도 한때는 인간이었는데.

"성인이시여."

대주교 중 하나가 휘청거리는 테레사의 어깨를 잡았다.

"흔들리지 마소서. 저리 몰락한 이들에게 죽음을 주는 것이 저희가 베풀 수 있는 자비이오니."

"……예."

테레사는 무겁게 고개를 끄덕거리면서 스태프를 꽉 쥐었다. 테레사가 성큼성큼 앞으로 나서기 시작하자 신관들이 옆으로 갈라지며 테레사가 나아갈 수 있는 길을 만들어 주었다.

우우우웅!

목에 멘 로자리오가 진동했다.

테레사가 스태프를 높이 들어 올리자, 그녀에게서 뻗어지던 빛이 스태프와 함께 높이 솟구쳤다.

테레사가 양팔을 펼쳤을 때. 솟구친 힘은 양쪽으로 갈라지며 그녀의 등 뒤에서 날개와 같은 모습을 취했다.

재는 재로, 먼지는 먼지로. 그 케케묵은 고별사를 읊으며 테레사는 두 눈을 감았다.

"생각 이상인데."

아벨과 이성민, 프라우는 조금 늦게 성문 안으로 진입했다.

아벨은 빛의 날개에 휘감긴 테레사를 보며 숨김없이 감탄을 보였다.

날개에서 떨어져 나온 빛의 입자는 죽은 좀비에서 풍기는 악취, 그 안의 독을 정화하고 군대의 상처를 치유했다. 테레사의 존재는 성기사들의 사기를 북돋웠다. 그들의 피로 역시 테레사의 빛에 의해 순식간에 회복되어갔다.

"왜 교회가 성인을 감싸고 돌았는지 알겠다. 온실 속의 화초인 것은 분명해 보이지만, 가진 힘은 진짜로군."

이성민도 머리를 끄덕거렸다. 언데드에게만 써먹을 수 있는 힘이 아니다. 존재만으로 성기사들의 사기를 북돋고 포션과 마법을 사용하지 않고도 피로와 상처를 치유한다. 게다가 그녀가 발하는 빛의 폭풍은 접근한 언데드들을 그대로 가루로 분쇄해 버리고 있었다.

'좀비는 머릿수만 많아. 시간 끌기로 성문 쪽에 배치한 것일 터. 아니면…… 이쪽의 기량을 보기 위해?'

[혹은 피로를 쌓게 하려는 것일지도 모르지.]

허주가 의견을 냈다. 물론, 테레사의 존재로 성기사와 군대의 피로는 계속해서 회복되고 있다.

하지만 그만큼 테레사가 지친다. 아직 김종현의 진짜 병력이라고 할 수 있는 데스나이트들은 등장하지도 않았다.

[저 계집의 능력은 귀중한 것이야. 벌써부터 힘을 소모하게 해서는 안 된다.]

이성민은 아벨에게 눈짓을 주었다.

"나서겠습니다."

"벌써부터 그럴 필요가 있나?"

"데스나이트들이 보이지 않습니다. 테레사의 능력을 확인한 이상, 그녀가 힘을 아끼게끔 해야 해요."

"마음대로 해. 나도 나 나름대로 바쁘니까."

아벨은 나서지 않는다. 그가 나서야 할 때는 정해져 있다. 그의 진면목은 아직 김종현에게 포착되지 않았으니까. 프라우도 마찬가지였다.

이 상황에 있어서 그 둘은 정말 필요한 순간에 힘을 내보내야만 한다.

이성민은 아니다. 그의 존재와 힘은 이미 김종현에게 노출되어 있다.

이제 와서 굳이 숨기려 들 필요가 없다. 이성민은 창을 아래로 내리며 천천히 앞으로 걸어나갔다.

파직!

자색 전류가 그의 몸을 휘감았을 때, 그는 이미 테레사의 곁에 있었다.

"꺗!"

바로 곁에 이성민이 튀어나오자 테레사가 소스라치게 놀랐다. 이성민은 놀람에 휘청거리는 테레사를 제지하기 위해 손을 뻗으려 했으나, 곧 흠칫 놀라며 뻗던 손을 거두었다.

몸 안의 요력이 테레사의 빛과 접촉하자 반응을 보였다.

너무 접촉하는 것은 위험하다. 그런 판단을 내리고서 이성민은 조금 뒤로 물러서서 테레사와의 거리를 만들었다.

"아직 당신이 나서기에는 이릅니다."

"하지만……."

테레사는 이성민이 무슨 말을 하는 것인지 이해했다. 하지만 그녀는 불안을 담은 눈으로 선두에서 날뛰는 성기사와 군대를 힐긋거렸다.

어느새 좀비들이 시야를 가득 채우고 있었다. 게르무드에서 살아가는 수만에 달하는 시민들이 죽어 변이한 좀비들이 듣기 싫은 비명과 고함을 지른다.

"압니다. 김종현을 죽이겠다고 모인 군중들이 다치는 것을 원하지 않는다는 것을. 선두에서 날뛰고 있는 성기사들이 다치고 피로해지는 것을 원하지 않는다는 것을."

"아시면서도……."

"불가능합니다. 이건 동네 싸움이 아닙니다. 수만에 달하는 구울, 수백에 달하는 데스나이트와 그들의 정점에 선 데스나이트 중의 데스나이트, 그리고 마왕에 준하는 흑마법사와 싸우는 전쟁입니다. 테레사, 당신의 힘이 쓸만하다는 것은 알았습니다. 그러니 아껴 두어야 해요."

쓸만하다? 그 평가를 면전에서 들은 테레사의 얼굴에 당혹

이 어렸다. 주변의 대신관들이 엄한 표정을 지으며 이성민을 쏘아보았다. 이성민은 그들이 일갈하기 전에 머리를 가로저었다.

"내 말투가 무엄하다 말하기 전에, 대책 없이 힘만 소모하는 성인님이나 좀 진정하라고 하십시오."

"잠깐, 만요. 나는……!"

"왜 이해를 못 합니까? 내가 성기사들과 저 날뛰는 군중들이 지쳐 죽기를 원하여 당신보고 가만히 있으라 말하는 것 같습니까?"

[잘 이해를 못 하는 모양이군. 너에 대해 많은 것을 알지 못하기 때문이겠지.]

허주가 피식 웃으며 말했다. 하긴, 그렇겠지. 저들이 알고 있는 이성민은 귀창이다. 그래, 귀창이라는 별호밖에 알지 못한다.

"아직 당신이 이렇게까지 할 필요가 없으니까 말하는 겁니다."

여기까지다. 더 말해줄 필요는 없다. 뱉은 말이 무엇을 암시하고 한 말인지. 이제는 똑똑히 보여줄 생각이었기에.

파직.

자색 전류에 휘감긴 이성민의 모습이 사라졌다. 그는 어느새 군중의 한가운데에 있었다. 날뛰는 좀비의 군세 속에. 격돌의 한가운데에서 이성민의 눈이 크게 떠졌다.

그의 머릿속에서 하나의 빛이 터졌다. 쉼 없이 터지는 검은 뇌선(雷線). 북쪽의 눈바람조차 지워버릴 정도로 강렬한. 이 세상을 시커먼 색으로 물들인 셀 수 없이 많은 먹선.

사마련주의 힘을 계승한 이성민은 환골탈태를 이루지는 못했다. 사마련주가 가지고 있던 힘, 그 모든 것을 손에 넣지는 못했다.

그 힘은 지금의 이성민이 다루기에는 너무나도 거대했다. 드래곤 하트의 힘을 천천히 소화해 낸 것처럼. 그의 육체는 아직까지 사마련주의 힘을 소화해 내지 못한다.

알고 있다. 완전하게 다룰 수 없다는 것쯤은.

그러니까, 알고 있다는 것이다. 머릿속으로는. 사마련주가 도달한 무위를. 그가 무공을 어떻게 사용했는가를. 극한에 다다른 전투 기술을.

팟.

전류가 한 번 흐르고, 주변의 구울이 모조리 터졌다. 흐릿한 잔상의 행진 속에서 이성민은 자세를 고쳐 잡았다. 하지만 역시, 머리로 안다고 해도 몸으로 사용하는 것은 다른 이야기지.

속이 울렁거린다. 극한의 가속을 몸이 제대로 통제하지 못했다. 하지만 충분하다.

빗나가지는 않았다.

"아."

테레사의 눈이 크게 떠졌다. 짧은 순간에 경악을 느낀 것은 사고할 수 없는 구울을 제외한 이 공간의 모두였다. 단 일수.

그 안에 얽혀 있던 수십 수백의 초.

[어떠냐?]

'괜찮아.'

창을 휘둘렀던 양팔이 박살 났다. 테레사가 급히 빛을 이성민에게 향하려 했다. 그 순간에 이성민은 테레사를 보았다. 그 서늘한 시선에 테레사는 순간 호흡이 막혀 헉하고 숨을 삼켰다.

'그녀의 힘은 나에게 도움이 안 돼.'

오히려 독이다.

[괜찮습니다.]

이성민은 테레사에게 전음을 보냈다. 박살 난 양팔이 순식간에 재생을 마쳤다. 보통 머리가 안 좋으니 몸이 고생이라고 하는데, 지금 경우는 정반대였다. 머리로는 아는데 몸이 안 된다. 그러니 더 고생이지.

얼마나 더 팔이 부서져야 사마련주에게서 받은 것을 완전히 사용할 수 있을까.

오오오오!

죽은 좀비의 자리를 좀비가 메운다. 이성민은 주저하지 않고 앞으로 달려나갔다. 그가 향하는 곳은 무리의 최전선이었다. 그는 앞에서 좀비의 돌진을 가로막는 테오스와 백은 기사단을 뛰어넘었다.

키이이잉!

이성민의 손안에서 창이 회전을 시작했다. 자색 전류가 길게 늘어났다.

써어억!

창을 횡으로 크게 휘두르자 수백에 달하는 좀비들이 둘로 갈라졌다. 테오스의 눈이 부릅떠졌다.

그 역시 뛰어난 실력을 가진 고수였으나, 그의 눈에 비치는 이성민은 인간이 가질 수 있는 힘을 아득히 초월한 괴물이었다.

바닥에 떨어진 이성민은 등 뒤에서 경악의 시선을 느꼈다. 그런 시선에도, 이성민은 조금의 즐거움을 느끼지 않았다.

오히려 서글펐다. 이 정도밖에 안 되는 자기 자신이.

'아.'

이성민은 모두의 시선을 받으며 천천히 앞으로 나아갔다.

'당신이 나의 스승이라 좋았습니다.'

그에게 너무 많은 것을 받아버렸다.

그러니, 사마련주에게 있어서 부끄러운 제자가 되어서는 아니 된다.

스스로 만족하지 못한 무위였지만 모두가 보기에는 신위였다. 이성민은 멈추지 않고 앞으로 나아갔다.

지금 이런 상황도 김종현은 모두 지켜보고 있을 것이다. 좀비들로는 안 된다는 것을 깨닫는다면 데스나이트가 나설 것이다.

아니면 준비해 두었던 다른 것을 사용하든가. 김종현은 이미 이 도시에서 며칠의 시간을 보냈고, 그 정도 시간이면 상당한 준비를 끝마쳤을 것이다.

실제로 김종현은 모든 것을 보고 있었다. 아벨과 이성민이 테레사의 능력을 확인하고자 했듯이, 김종현도 좀비를 써서 테레사의 능력을 확인했다.

에리아에 소환된 성직자는 모시던 신과의 영적 연결이 끊어진다. 그것은 테레사에게 있어서도 예외는 아니다.

그런 주제에 그녀가 다루는 힘은 신성력이라는 말이 아니면 도저히 설명할 수 있는 것이 아니었다.

게다가 그 힘의 크기. 무식하기 짝이 없는 저 힘의 크기는 김종현의 상상 이상이었다.

'이럴 줄 알았으면 처음부터 찢어 놓을 것을 그랬나?'

북쪽 숲에서 펼쳤던 결계는 펼치지 않았다. 그쪽으로 할애할 마력이 부족했기 때문이었다. 만약 그랬다면 이런 식의 전쟁놀이는 이루어지지 않았을 텐데.

이제 와서 생각하기에는 늦었나. 김종현은 피식 웃으면서 머리를 가로저었다.

'전술은 잘 모르는데 말이야.'

김종현은 수정구슬을 내려 보면서 손으로 턱을 어루만졌다. 체스나 장기, 그런 놀이라도 즐겨두었다면 조금 도움이 되었을까. 애석하게도 김종현은 그런 류의 놀이에는 평생 흥미를 가져 본 적이 없었다.

하지만 이건 안다.

'숫자로는 내가 훨씬 우세해.'

여러 가지 조건으로도 우세하다. 저들 중에서 그나마 까다롭다고 할 수 있는 것은 교회의 성기사들과 신관들. 쪽수만 많은 떠돌이 군중은 사기가 높다 한들 좀비와 비슷한 취급이다. 아직 데스나이트를 내보낼 필요는 없다. 우선 조금 더 보도록 할까. 그는 수인을 맺으며 정신을 집중했다.

꽈아앙!

도시의 건물이 무너지기 시작했다. 무너진 건물의 잔해는 바닥으로 추락하지 않았다. 오히려 그것은 둥실 떠올라 한 점으로 모이기 시작했다.

아벨은 잔해의 중심에 떠 있는 시커먼 빛을 보고 놀란 표정을 지었다.

"골렘이군!"

그러한 외침에는 감탄이 실려 있었다. 즉석에서 골렘이 탄생했다. 건물 잔해로 만든 스톤 골렘은 골렘이라는 분야에 있어서는 머드 골렘과 함께 가장 낮은 급에 속했지만, 그것은 어디까지나 골렘 한 기를 두고서 내리는 평가다.

수십 개의 건물이 동시다발적으로 무너졌다. 그리고 그만한 크기의 골렘 수십 기가 몸을 일으켰다. 골렘뿐만이 아니었다.

후방으로 빼 두었던 다른 언데드들이 김종현의 부름에 따라 전진했다. 듀라한과 밴시 등, 좀비보다 급이 높은 언데드들이었다.

아직까지 아벨과 프라우는 나서지 않는다. 아벨은 수인을 맺으며 정신을 집중하고 있었다. 그는 지금 김종현의 위치와 김종현이 벌이고자 하는 마법 의식의 중심지를 탐색하고 있었다.

이 커다란 도시 게르무드에서 사람 하나를 찾는 것은 결코 쉬운 일이 아니다. 게다가 이 도시는 김종현의 장악하에 있기 때문에, 이 도시 안에서 탐색 마법을 펼치는 것은 불가능한 일이다.

그러나 아벨에게는 아니었다.

마법사 길드장인 그는 스스로 마법사의 정점이라 칭할 만큼의 실력을 갖추고 있었다.

아벨은 입술을 달싹거리며 계속해서 수인의 모양을 바꾸었다. 그는 형인 카인처럼 무영창 마법을 사용할 수는 없다.

아르베스처럼 독자적으로 멸혼 마법을 만들어낸 것도 아니었다.

그는 마법의 기본에 충실했다. 자기 자신만을 위한 새로운 마법을 창조하는 것보다는 이미 존재하는 마법을 한계 이상으로 익히는 것에 수백 년을 바쳤다.

그렇기에, 이 불가능한 조건 속에서 펼치는 탐색 마법은 아벨이 펼치는 것이기에 가능으로 바뀐다.

이성민의 역할은 아벨이 김종현의 위치를 파악할 때까지 시간을 끄는 것과 머릿수만 많은 좀비를 비롯한 잡다한 언데드들의 전력을 소진시켜 데스나이트를 끌어내는 것이다.

볼란데르를 끌어내는 것까지는 바라지 않았지만 데스나이트를 일부나마 이쪽으로 끌어내 두는 것이 김종현을 노리기에 편할 것이다.

수십의 골렘이 전진하기 시작했다. 놈들은 주변 건물을 발로 짓밟고 팔을 휘둘러 부수었다.

그 파편들은 무너지지 않고 떠올라 골렘의 몸을 더욱 부풀렸다. 건물 몇 채를 통째로 몸뚱이로 삼은 골렘에게는 랜스 차지도 통하지 않는다.

저런 거구의 골렘을 상대로는 고화력 마법 공격이 제격이다.

이성민이 나섰다. 그는 말을 뒤로 물리는 테오스의 곁을 지나쳤다.

[골렘의 상대법은 아나?]

허주가 물었다. 이성민은 머리를 가로저었다.

[안에 있는 핵을 부숴야 하는데…… 너라면 그냥 통째로 가루로 만들어버리는 것이 편할 게다.]

콰르르르!

이성민의 창에 막대한 요력과 내공이 유입되었다. 자색의 전류가 쉼 없이 튀기며 창 전체를 휘감았다.

이성민은 주저하지 않고 땅을 박찼다. 공중으로 튀어 오른 이성민은 길게 쏟아지는 자색의 번개가 되었다. 거구를 끌며 다가오는 골렘은 달려드는 이성민을 향해 손을 활짝 펼쳤다.

-꽈아앙!

이성민을 막기 위해 펼쳤던 골렘의 손이 그대로 가루가 되어 사라졌다.

이성민의 돌진은 멈추지 않았다. 그는 창의 방향을 꺾으며 그대로 골렘의 몸을 관통했다.

콰르르르!

골렘의 몸이 자색 전류에 휘감겨 먼지가 되어 사라졌다. 공중에서 멈춘 이성민은 괴음을 내지르며 밀어닥치는 언데드들의 한가운데로 떨어졌다.

그는 뒤를 돌아보면서 몇 걸음 물러섰다. 채 막지 못한 언데드들이 전진하고 있었다.

[아직 데스나이트는 오지도 않았습니다.]

이성민은 테레사에게 다시 한번 전음을 보냈다. 테레사는 꿀꺽 침을 삼키며 머리를 끄덕거렸다.

무슨 뜻인지 안다. 벌써부터 힘을 너무 쓰지 말라는 것이겠지. 이성민의 전투에 넋을 잃고 있던 테오스가 급히 고삐를 잡왔다.

"전진!"

테오스의 외침에 성기사들이 다시 앞으로 달려나갔다. 테오스는 경외감을 담은 눈으로 듀라한의 몸을 일격에 찢어버리는 이성민의 모습을 보았다.

그는 쉼 없이 움직였다. 닥치는 대로 휘두르는 듀라한들의 도끼를 피할 필요는 느끼지 못했다.

그럴 것도 없이 그들의 도끼보다 늦게 뻗은 이성민의 창이 모든 것을 찢고 무너뜨렸다. 머리 위로 골렘의 주먹이 떨어진다.

파직! 자색 전류를 튀기며 이성민의 모습이 사라졌다. 언데드들의 한가운데에 서서 이성민은 다시 내공과 요력을 함께 끌어올렸다.

삼보필살, 천광.

순식간에 완성된 자전의 폭풍이 사방을 휩쓸었다. 듀라한과 밴시들이 통째로 소멸했다. 덩치 큰 스톤 골렘들이 모두 다 주저앉았다.

거기서 한 걸음 더 걷는다. 주변을 휩쓸고서 채 사라지지 않은 자전이 더 크게, 더 많이 분열했다. 사보광란 백뢰가 터졌다. 주저앉은 골렘들의 모조리 백뢰에 휘감겨 가루가 되었다.

"하하하!"

김종현은 손뼉을 치며 웃음을 터뜨렸다. 맙소사. 그는 즐거운 목소리로 외치며 수정구슬을 양손으로 잡았다.

성문 입구에서 벌어지는 일은 모두 보고 있다. 그는 몇 분도 되지 않아 수십 기의 골렘과 수백의 언데드를 몰살시키는 이성민을 보며 진심으로 감탄할 수밖에 없었다.

"이대로 둘 텐가?"

볼란데르가 입을 열었다.

"그는 나의 배에서 만났을 때와 비교할 수 없을 정도로 강해졌다. 격 낮은 언데드들을 밀어 넣어 봤자 그를 몰아붙일 수는 없어."

"그래 보이는군요."

김종현은 머리를 끄덕거렸다. 그는 천천히 머리를 돌려 볼란데르를 보았다.

"당신이 나서줘야 할 것 같군요."

"괜찮겠나?"

볼란데르의 안광이 번뜩거렸다.

"마법사 길드장이 네 위치를 탐색하고 있다."

"압니다."

"그를 감당할 수 있겠나?"

볼란데르의 질문에 김종현은 피식 웃었다. 괜한 질문이었다. 김종현은 아벨이 두려워 나서지 않는 것이 아니었으니까. 볼란데르는 더 이상 말하지 않고 몸을 돌렸다.

김종현은 천천히 손을 들어 올렸다.

쿠르르르…….

분수 안에서 시커먼 구체가 떠올랐다. 아르베스가 어르무리 토지 전체를 장악하고 토지의 요력과 마력을 한 점으로 끌어모은 것과 같은 구체였다.

아니, 마냥 똑같지는 않다. 김종현은 위대한 흑마법사였던 아르베스를 진정한 의미에서 초월했다.

김종현은 떠오른 구체를 의식하며 수인을 바꾸었다.

-키잉.

공간이 진동을 시작했다. 검은 구체 주변으로 복잡한 술식들이 떠올랐다. 이것은 김종현이 이 토지에서 준비하고 있는, 대마계와의 연결구를 완성하는 마법의 총체였다.

'마법사 길드장이라.'

그 지위는 알려져 있어도, 이름과 실력은 알려지지 않은 인물이다. 김종현은 그 미지의 상대를 기다리면서 즐거운 미소를 지었다.

[찾았다.]

감겨 있던 아벨의 눈이 떠졌다. 이성민은 아벨이 보낸 전음에 창을 휘두르는 것을 멈추었다.

그는 폐허의 중심에 서 있었다. 골렘도, 듀라한도, 밴시도.

남아 있지 않았다.

이 짧은 시간에 수백 수천의 언데드가 이성민에 의해 죽었다.

비록 그들이 제대로 된 지성도 갖추지 못한, 잘해 봐야 절정 고수 수준의 언데드에 지나지 않는다고 해도. 한때 인간이었을 수천이 흔적도 없이 죽어버린 것이다.

아벨이 김종현의 위치를 파악했다. 하지만 아직 데스나이트를 끌어내지 못했다. 차라리 이곳에서 언데드들을 모두 정리하고, 교회와 군중을 이끌고서 김종현을 치러 가는 것이 나을까. 김종현이 도주할 가능성은?

[좀비들이 더 보충되지 않고 있다.]

허주가 말했다. 이성민도 그것을 느꼈다. 끝없이 밀려오던 언데드의 군세가 멈추었다.

[더 안으로 들어오라고 말하는 것 같군.]

뻔한 함정이다.

그렇다고 물러설 수도 없는 노릇 아닌가. 이 넓은 도시. 지휘계통도 제대로 잡히지 않은 것이 토벌을 위해 모인 군대의 실정이다.

김종현의 영지인 이 도시에서 흩어진다는 것은 자살 행위다. 결국 군대는 하나로 모인다. 그리고 경계하며 앞으로 나아갈 수밖에 없다.

군대에게 피해가 없는 것은 아니었다. 성기사단 중에서도 수십이 죽었다. 그보다 못한 군중들은 당연히 그보다 더 큰 피해가 났다.

수백의 죽음. 언데드들에게 당한 시체는 처참한 몰골이었다. 테레사는 숨을 삼키면서 손으로 입을 가로막았다.

"성인이시여. 흔들리지 마소서."

대신관들이 다시금 테레사에게 그런 주의를 주었다.

시체가 다시 언데드로 일어날 가능성이 있었기 때문에 시체는 모조리 태우고 가야만 했다. 그리고 다시 전진한다.

아벨이 방향을 잡아주었다. 김종현의 위치를 잡았다고 해도 무턱대고 쳐들어가지는 않는다. 김종현이 가진 힘도 미지수인 데다 볼란데르와 데스나이트 군단은 아직까지 모습도 보이지 않는다.

'게다가 아직 이쪽의 전력이 남아 있다.'

굳이 버리고 갈 필요가 없다. 같이 갈 수 있다면 데리고 간다.

"무림이라는 세계에서, 당신은 얼마나 강합니까?"

창을 어깨에 메고 걷는 이성민을 향해 테오스가 다가와서 물었다. 그는 무림이라는 세계에 대해 잘 모르고 있었다. 그 역시 초절정에 준하는 고수였으나, 그런 테오스의 무위는 무공으로서 얻은 것이 아니다.

"한 손에는 꼽힐 겁니다."

이성민은 솔직하게 말했다. 무당을 나올 수 없는 검선. 팔

하나가 잘린 무신. 생사를 알 수 없는 흑룡협과 창왕. 지금의 이성민과 비교할 수 있는 고수들은 그들이 고작이었다.

용병왕으로 위명을 떨치고 있는 도존은, 이성민과 만난 적이 없었으나 이성민보다는 실력이 떨어질 것이 분명했다. 검선의 제자인 청명이 초월지경의 고수이기는 하나 그 역시도 이성민보다는 몇 수 처진다.

'위지호연.'

그리고 백소고. 이 둘의 실력은 솔직히 미지수다.

"과연…… 저는 당신의 무위를 보며 감탄했습니다. 이 세상에 무(武)를 관장하는 신이 있다면 당신과 같지 않을까 생각했지요."

무신.

"나는 그 별호를 그리 좋아하지 않습니다."

이성민은 쓰게 웃으며 답했다. 그 말에 테오스는 머리를 갸웃거렸으나, 이내 빙그레 웃으며 머리를 꾸벅 숙였다.

"당신과 함께 이곳에 와서 다행입니다."

테오스뿐만이 아니었다. 대부분의 성기사들이 이성민을 향해 존경의 시선을 보내고 있었다. 용병들도, 낭인들도. 크게 다르지 않은 시선을 보내고 있었다.

이성민은 그런 시선에 조금의 부담을 느꼈다.

그때.

살갗에 찌릿하고.

잔털이 곤두선다.

화아아악!

그것은 눈으로는 볼 수 없었으나 느끼기에는 충분했다. 테오스의 얼굴에서 웃음이 사라졌다.

성기사들이 타고 있던 말들이 전진을 멈추고 온몸을 떨었다. 신관들의 얼굴은 하얗게 질렸고, 무리 중에서 심약한 이들은 자리에 주저앉았다.

멀지 않은 곳에서 시커먼 안개무리가 몰려오고 있었다.

[왔다.]

허주가 경고했다. 이성민은 비껴 메고 있던 창을 잡았다.

볼란데르와 데스나이트 군단이 왔다.

5장
볼란데르

　짙은 검은 안개는 먹구름처럼 보였다. 그 선두에 선 유령마의 위에 볼란데르가 앉아 있었다.

　유령마에게 이름은 없었다. 데스나이트가 된 후로 쭉 이 말을 탔지만, 그렇다고 해서 애마로 삼지는 않았다.

　볼란데르가 인간 시절 탔던 애마는 이미 오래전에 수명이 다해 죽었다. 지금 그를 태우고 있는 유령마는, 데스나이트가 된 볼란데르의 혼 일부가 말의 모습을 취한 것뿐이다.

　'귀창.'

　이성민. 볼란데르는 그의 이름을 떠올렸다. 망망대해 위에서 우연한 만남을 가졌을 때. 볼란데르는 내심 이성민이야말로 프레데터가 바라던 학살포식일 것이라 생각했다. 그런 생각은 지금도 변하지 않았다.

오히려 확신에 가까워졌다. 보라. 지금의 그는 바다에서 보았을 때보다 더욱 불안정했고, 더욱 난폭했다.

억지로 눌러 놓은 포악한 힘이 보인다. 어떠한 계기만 생긴다면, 한계까지 억눌러 놓은 난폭함은 끔찍한 해방을 맞아 인간이고자 하는 정신을 산산조각낼 것이다.

'제니엘라가 바라던 학살포식이 너라면.'

볼란데르는 천천히 오른손을 들어 올렸다. 그의 뒤에 넓게 깔린 먹구름은 삼백의 데스나이트들이 바라는 자욱한 죽음의 기운이 형상화한 것이었다.

한곳에 모인 데스나이트의 군단은 눈에 보이는 역병 그 자체였다. 존재만으로도 주변을 오염시킨다. 김종현이 즐겁게 호흡하던 죽음의 기운은 주변 땅을 시커멓게 물들이고 식물을 말라비틀어지게 만들었다.

볼란데르가 이성민을 보고 있듯이, 이성민도 볼란데르를 보고 있었다.

깊게 눌러 쓴 투구 아래로 금색의 안광이 보인다. 표정은 읽을 수 없다. 그래도, 분위기는 읽을 수 있다. 이성민은 창을 꽉 쥐었다.

여태까지는 쉬웠다. 좀비, 스톤골렘, 듀라한, 밴시. 그들은 이성민에게 있어서 적이 아니었다.

이 싸움에서 이성민은 진정한 의미의 싸움이라는 것을 아직 경험하지 못했다. 그는 너무 강했고, 상대는 너무 약했다.

[볼란데르라면 상대에 부족함이 없지.]

허주가 중얼거렸다.

[이 어르신이 살아 있을 적부터 볼란데르는 고고하고 강했다. 인간이었을 시절부터 적수를 찾을 수 없는 기사 중의 기사였다더군. 그런 놈이 저주를 받아 데스나이트가 된 것이야.]

이성민은 천천히 앞으로 나아갔다.

[인간이었을 적에 숭고한 혼을 가진 놈일수록, 마왕에게는 더욱 큰 가치를 갖게 되지. 볼란데르는 사상 최악이자 최강의 데스나이트다. 놈은 타락이 아닌 저주를 받아 데스나이트가 된 것이지만, 놈의 혼을 가진 마왕은 볼란데르에게 막대한 힘을 부여했어. 인간이었을 적보다 더욱 강해졌다는 것이지.]

볼란데르가 들었던 손을 앞으로 뻗었다.

우-우-우-우!

볼란데르의 등 뒤에 모인 데스나이트들에게서 지옥의 울음 같은 소리가 치솟았다.

[게다가, 지금의 놈은…… 완전히 타락했다. 데스나이트가 되면서도 가지고 있던 자기 자신의 기사도를 짓밟았지. 그것은 놈을 더욱 강인하게 만들었어. 이 거리에서도 느껴지는구나. 놈은 지난번, 유령선 위에서 마주쳤을 때보다 더 강해졌다.]

안다.

이성민도 느끼고 있었다. 볼란데르에게서 느껴지는 불길하기 짝이 없는 투기를. 조금이라도 마음을 꺾는다면 이쪽이 삼켜질 것만 같다.

'가야 해.'

이성민은 크게 숨을 삼켰다. 우-우-웅! 그의 몸 안에서 요력과 내공이 진동했다. 머릿속은 맑아졌고 시야는 크게 확장되었다. 그 넓어진 시야 속에서 이성민은 볼란데르만을 보았다. 볼란데르의 안광 또한 이성민에게 향하고 있었다.

볼란데르를 전담하는 것은 이성민밖에 할 수가 없다. 프라우에게도, 아벨에게도 불가능하다. 그들에게는 다른 해야 할 일이 있다.

쿠르르르르!

데스나이트들이 진군을 시작했다. 볼란데르의 유령마는 움직이지 않았다. 삼백의 데스나이트가 볼란데르를 지나쳐 앞으로 내달렸다. 이성민은 멈추지 않고 걸었다. 그의 등 뒤에서 굳은 표정의 테오스가 랜스를 치켜들었다.

"와아아아!"

성기사들이 함성을 지르며 앞으로 달려나갔다. 테오스가 이성민을 지나치려는 순간, 이성민의 무릎이 깊이 굽혀졌다.

-빠아앙!

공기 터지는 소리가 났다. 이성민의 몸은 자색의 번개가 되었다. 그는 성기사들의 돌진보다 빠르게 앞으로 달려나갔다. 움직이지 않고 있던 볼란데르가 출발하지 않은 데스나이트들보다 조금 늦게 유령마를 달리게 했다.

거리를 가득 매우며 달려오던 데스나이트의 군세가 둘로 갈라졌다. 그들은 볼란데르와 이성민의 격돌을 가로막을 마음이 없어 보였다.

이성민도 다른 데스나이트들에게 신경 쓰지는 않았다. 그들까지 상대하며 볼란데르와 맞서는 것은 너무 과한 오만이었다.

성기사들과 모인 군대를 믿는 수밖에. 개개인의 역량을 본다면 성기사들은 데스나이트의 군대에 맞설 수가 없다. 볼란데르를 따르는 그들은 인간이었을 때부터 이름을 날린 기사였고, 볼란데르가 타락하여 힘을 얻은 것처럼 다른 데스나이트들도 힘을 얻었다.

'테레사가 변수가 될까?'

아니면 신관들의 지원이? 그들에 대한 생각은 멈춘다. 이제 그것은 그들의 문제가 되었고, 이성민의 문제가 아니게 되었다.

볼란데르는 천천히 달리고 있었다. 그는 길쭉한 장검을 오른손으로만 쥐고 있었다. 왼손으로는 고삐를 잡았다. 볼란데르는 자세를 낮추지 않고 허리를 꼿꼿이 펴고 있었다. 이성민은 속도를 늦추지 않았다. 충돌은 곧이다.

이성민이 몸을 날리며 창을 찔렀고, 볼란데르는 자세를 무너뜨리지 않고서 대검을 휘둘렀다. 격돌은 없었다. 충돌 직전에 이성민은 허공에서 자세를 비틀며 질풍신뢰를 펼쳤다.

파, 직!

끊어지는 소리와 함께 이성민의 몸이 자색 전류가 되어 사라진다. 볼란데르는 휘두른 대검과 함께 몸을 회전했다.

스르르륵!

그가 타고 있던 유령마가 안개가 되어 무너졌다. 그 안개는 볼란데르의 왼손을 휘감더니 견고한 방패가 되었다.

쫘앙!

이제야 격돌음이 났다. 이성민은 창끝이 볼란데르의 방패를 꿰뚫지 못했다는 것에 조금 놀랐다.

충분한 위력을 주어 쏘아낸 창이다. 드래곤의 소재를 사용한 창이 저런 방패에 막히다니.

[네 창이 드래곤의 비늘과 뼈, 이빨로 만든 것이라면. 볼란데르의 갑옷과 검, 방패는 마왕의 마력에 의해 제련된 혼의 결정이다.]

볼란데르가 조금 뒤로 물러섰다. 그리 크지 않은 방패였지만 이성민의 눈에는 파고들 만한 틈이 보이지 않았다.

방패 안쪽에서 검은빛이 번쩍였다. 예리한 칼날이 쏘아졌다. 시작은 찌르기였지만 궤적이 바뀐다. 휘두른 참격은 시커먼 초승달을 길게 늘어뜨린 것만 같았다.

이성민은 당황하지 않고 창을 연거푸 쏘아냈다. 연달아 펼친 찌르기가 초승달을 부순다. 월광이 흩어졌다.

그 모든 것이 볼란데르의 검이 만들어내는 참격이었다.

파바바박!

이성민과 볼란데르 사이에 연달아 빛이 터졌다.

콰르르르!

주변 건물이 모조리 베어지고 꿰뚫려 무너졌다.

'긁히지도 않는군.'

몇 번 틈을 파고들어 갔으나 창에 닿은 갑옷은 생채기 하나 없었다. 볼란데르가 성큼 앞으로 걸어왔다. 나선 것은 검이 아닌 방패였다. 쭉 밀고 들어오는 방패에 실린 힘이 심상치 않았다. 아니, 진짜로 방패인가?

쉬잇!

이성민은 급히 몸을 비틀어 찌른 검을 피해냈다. 방패가 순식간에 검이 되었다. 그래, 혼을 제련해서 만든 무구. 저 갑옷도, 방패도, 검도. 볼란데르가 다루는 것은 자기 자신의 혼이다. 그것에 형태의 제한은 없다. 검을 원한다면 검이 되고, 방패를 원한다면 방패가 된다.

양손에 두 자루의 검을 쥔 볼란데르는 주저하지 않고 이성민과의 거리를 좁혔다. 0.1초도 되지 않은 순간이다. 그 찰나에 볼란데르의 검은 셀 수 없이 많은 참격을 만들었다.

카가각!

이성민은 창을 몇 바퀴 회전하여 볼란데르의 검격을 걷어냈다. 그 순간에 볼란데르의 검은 커다란 도끼가 되었다. 도끼가 떨어진다. 정면으로 받아서는 안 된다. 그런 직감 속에서 이성민은 질풍신뢰를 펼쳤다.

꽈아아앙!

도끼가 향한 방향의 땅이 둘로 갈라졌다. 건물도, 성벽도. 모두가 두 동강이 났다. 그 안에서 시커먼 어둠이 치솟았다. 솟구친 어둠 속에서 데스마스크가 울부짖었다. 볼란데르의 도끼가 길쭉한 창이 되었다.

갈라진 틈새에서 솟구친 어둠이 창을 휘감았다. 이성민은 공중에서 자세를 고정하고 포격의 준비를 마쳤다. 이성민이 쥔 것은 창이 아닌 자색의 번개가 되었다.

구천무극창 칠초, 관천 뇌격.

충돌과 동시에 사방으로 힘의 파편이 흩어졌다. 공간이 진동하고 무너진 건물이 가루가 되었다.

번쩍이는 세상 속에서 이성민은 공중을 박찼다. 볼란데르는 창이 아닌 대검을 쥐었다. 묵직하게 휘두른 대검은 시야 전체를 덮을 정도로 컸다.

대검이 공간을 가른다. 그 틈으로 파고든다. 몸뚱이를 지면과 닿을 정도로 낮추고서 창을 꺾어 올려친다. 궤적 사이로 올라오는 창, 볼란데르는 피하지 않았다.

꽈아앙!

창끝이 볼란데르의 흉갑과 충돌했다. 감촉이 단단하다. 부수지 못했다. 앎에도 이성민은 창을 끝까지 내질렀다. 그의 발이 성큼 앞으로 걸었다.

두 번의 걸음이 이보겁살 벽력을 만들어냈다. 우릉거리는 소리와 함께 공간이 진동했다. 자색 전류가 쉼 없이 볼란데르의 갑옷을 두들겼다. 이성민의 손안에서 창이 회전을 만들었다.

구룡살생 겁뢰.

전류가 터지며 아홉의 용이 볼란데르의 몸을 집어삼켰다. 터지는 번갯불이 눈을 어지럽혔으나 이성민은 볼란데르의 몸을 놓치지 않았다.

추혼일살 뇌전.

또다시 쏘아진 창이 볼란데르의 흉갑을 꿰뚫었다.

-쿠우웅!

뒤로 날아간 볼란데르의 몸이 건물의 잔해 속에 처박혔다.

이성민의 호흡은 조금도 흐트러지지 않았다. 아낌없이 내공과 요력을 쏟아부었지만, 그가 다룰 수 있는 힘의 크기는 이미 그 끝을 알 수 없을 정도로 거대했다.

"……아무것도 안 묻는가?"

잔해 속에서 볼란데르가 천천히 몸을 일으켰다. 그의 흉갑은 연거푸 창에 맞으면서 본래의 형태를 알아볼 수 없을 정도로 짓이겨졌고, 방금까지 죽일 듯이 싸웠는데도. 볼란데르의 목소리는 평온했다.

"질문에 의미가 있나?"

"어떤 질문을 하느냐에 따라 다르겠지."

"이해가 안 돼."

이성민은 머리를 가로저으면서 중얼거렸다. 자신의 공격이 볼란데르에게 치명상을 주지 못했다는 것은 안다. 등 뒤에서는 다양한 소리가 들리고 있었다. 비명, 욕설. 신을 찾는 소리도 들렸고, 저주도 들렸다.

"김종현이 무슨 짓을 하려는지 알고 있나?"

"이 세상을 대마계와 연결해 버리려 하고 있지."

"당신이 왜 김종현을 따르고 있는지는 알아. 그가 당신과 데스나이트들을 인간으로 만들어준다고 약속했기 때문이겠지. ……대체 무슨 의미가 있지? 인간이 되어봤자, 김종현이 하고자 하는 일이 성공한다면 아무 의미 없을 텐데."

"인간으로서 살고 싶은 것이 아니다. 인간으로 죽고 싶은 것이지."

볼란데르는 그렇게 중얼거리면서 잔해 속에서 걸어 나왔다.

"저주를 받은 우리에게 죽음은 안식이 아니다. 우리의 혼은 마왕에게 귀속되어 있으니까. 이 세상에서 죽음을 맞는다고 해도 마왕의 손아귀에서 끝없이 고통을 받게 될 뿐…… 그러니, 인간이 되고자 하는 것이다. 완전한 안식을 맞아 윤회하기 위해."

이성민은 작게 혀를 찼다. 어쩌면 볼란데르를 설득할 수 있을지도 모른다고 생각했는데, 애초에 볼란데르는 죽는 것을 바라고 있었다.

이성민은 볼란데르에게 김종현이 줄 수 있는 것보다 나은 것을 제시할 수가 없었다.

"너는 학살포식이다."

볼란데르가 중얼거렸다.

"틀림없다고 생각한다. 너 자신이 부정할지라도. 모든 조건이 네가 학살포식이라 말하고 있어. 제니엘라는…… 큭큭. 그 계집은 학살포식의 미래를 보았지. 제니엘라가 바라는 대로 되어가고 있다면, 학살포식은 반드시 출현한다."

쿠르르르릉…….

볼란데르에게서 시커먼 어둠이 솟구쳤다. 데스마스크의 틈 바구니에서 볼란데르의 안광이 번뜩였다.

"제니엘라가 바라는 대로 되었다면 나는 너를 막을 수가 없겠지. 너는 학살포식으로 완성될 테니까."

볼란데르가 검을 들었다.

"어쩌면, 내가 너를 학살포식으로 각성시킬지도 모르겠구나."

"……헛소리."

이성민은 머리를 가로저으며 부정했다.

가슴 속에서 들끓는 요력의 진동을 무시하면서.

이성민은 무시하려 하였지만 허주는 볼란데르의 말을 깊이 생각하고 있었다.

학살포식.

제니엘라가 미래안을 통해 보았다는, 프레데터의 왕.

허주가 생각하기에도 지금의 세상에서 학살포식에 가장 가까운 괴물은 그 누구도 아닌 이성민이었다.

오슬라의 도움으로 억누른 요력이 폭발하여, 이성민에게 인간성이 말살되어 버린다면. 이성민은 학살포식 그 자체가 되어 버릴지도 모른다.

'제니엘라는 이놈과 김종현, 볼란데르의 충돌을 충동질했다.'

제니엘라는 굳이 김종현에 대해 이성민과 사마련주에게 알려주었다.

사실 제니엘라는 이성민이 출현하는 미래를 보지 못했지만, 그에 대해서는 허주와 이성민은 모르고 있었다. 그렇기에 이런 식으로 생각할 수밖에 없다. 제니엘라가 의도하여 이성민을 이쪽으로 보냈다고.

'그 계집은 학살포식이 출현하는 미래를 위해 행동하고 있어.

미래를 설계하고 있지. ……어쩌면, 볼란데르의 말대로……'

잔해 속에서 걸어 나온 볼란데르는 천천히 검을 앞으로 뻗었다. 이성민은 자신이 볼란데르를 설득할 수 없다는 것을 안다.

볼란데르는 자기 자신의 비원을 위해 멈추지 않을 것이다. 이해는 한다. 그렇다고 볼란데르를 위해 줄 수는 없다.

인간이 되어 죽겠다는 말. 윤회라는 것이 무슨 뜻인지 안다. 데스나이트에게 있어서 죽음은 죽음이 아니니까. 가능하다면, 그래. 볼란데르를 비롯한 데스나이트들이 인간이 될 수 있게끔 해주고 싶지만…….

그것은 불가능하다. 제물이 충분히 모이지 않았다. 볼란데르와 데스나이트들을 인간으로 만들기 위해서는 앞으로 수천, 수만 명이 더 죽어야 할 것이고 그 과정에서 김종현은 착실히 대마계와 에리아를 연결하는 작업을 수행할 것이다.

그러니까.

쉭.

검은빛이 반짝였다. 시커먼 참격이 공간을 베었다. 이성민은 앞으로 뛰었다.

분뢰추살 뢰섬과 혈류추살이 창끝에서 폭발했다.

수백의 창끝이 정면을 가로지르는 유성우가 되었다. 분쇄하여 돌파했다. 볼란데르의 칼끝에서 요악한 검은빛이 쉬지 않고 빛을 발한다.

그는 칼을 휘둘러 밤을 만들었다. 공간 전체가 시커멓게 물들었다. 그 안에서 자색의 번개가 한 번 번쩍였다.

콰드드득!

밀어붙인 창이 볼란데르의 검을 뒤로 밀어냈다. 튕겨 오른 검의 형태가 바뀌어 도끼가 되었다.

머리 위로 찍히는 도끼를 보법을 펼쳐 피해낸다. 자세를 무너뜨려 가며 무리해서 내지른 창은 볼란데르의 투구를 스쳤다.

볼란데르의 안광이 미끄러진다. 그는 어느새 두 자루의 검을 쥐어 이성민을 향해 교차로 참격을 날렸다.

호신강기가 일어났다. 볼란데르의 참격이 막힌다. 투구 너머의 안광이 크게 떠졌다. 이 거리에서 상처 없이 막아냈다는 것에 놀란 것일까. 그렇군. 볼란데르가 머리를 끄덕거렸다. 그는 몇 걸음 뒤로 걸으면서 검을 들어 올렸다.

"인간답게 싸우는 것은 안 돼."

그 중얼거림이 어떤 의미인지.

볼란데르의 검이 아래로 떨어졌다. 그의 몸 자체인 갑옷의 이음새에서 시커먼 어둠이 솟구쳤다.

입을 크게 벌리는 데스마스크의 중심에서 볼란데르는 양팔을 벌렸다.

어둠은 그의 망토가 되었다. 그는 온갖 종류의 무구에 능숙했다. 하지만 그렇다고 해서 볼란데르가 초월지경의 무인인 것은 아니다. 검이라는 분야에 있어서 볼란데르는 검선은커녕 검존보다도 못할 것이고, 창에 있어서는 이성민만도 못하다.

그럼에도 그런 식으로 싸웠던 것은, 수백 년을 살아온 데스나이트라고 해도 볼란데르에게는 아직 인간으로서의 의식이 짙었기 때문이었다.

도저히 그것을 버릴 수가 없었다. 온기 없고 피가 흐르지 않는 데스나이트의 몸뚱이가 되었다고 해도. 계속해서 인간으로 되돌아갈 날을 바라 왔기에.

상대는 볼란데르가 여태까지 만나, 싸워 온 이들 중에서 가장 난적이라고 할 만했다. 인간답게 싸우는 것으로는 이길 수 없다.

그래, 볼란데르는 이기는 것을 바라고 있었다. 그 자신의 행동이 평생을 지켜 온 기사도라는 것에 어긋나는 일이라고 해도. 결국 그는 기사도보다는 개인의 비원에 목을 매고 있었다.

타락에 몸을 맡긴다.

쿠와아아아!

어둠이 사방을 휩쓴다. 이성민의 눈이 크게 떠졌다. 그는 급히 땅을 박차고 뛰어올랐다. 이곳에서는 안 된다. 그의 등 뒤에는 수천에 달하는 군대가 있었고 아벨과 프라우가 있었다.

[장소를 옮기겠습니다.]

급하게 들려 온 전음에 아벨이 머리를 *끄덕거렸다.* 장해물이었던 볼란데르와 데스나이트들을 끌어냈다.

볼란데르를 이성민이 맡고 있으니 김종현은 고립되었다. 아벨은 테레사 쪽을 보았다. 그녀는 눈부신 빛의 중심에서 성기사들과 다른 이들을 돕고 있었다.

'이곳은 맡기고.'

아벨은 프라우에게 눈짓을 주었다. 팔짱을 끼고 서 있던 프라우는 한숨을 푹 내쉬며 머리를 끄덕거렸다.

그녀는 당장에라도 도망칠 것처럼 눈동자를 굴리고 있는 알라두르의 뒤통수를 한 대 후려갈기며 내뱉었다.

"가자."

"옙."

알라두르가 언제 그랬냐는 듯 즉답했다. 아벨과 프라우, 알라두르가 이미 파악해 둔 김종현이 있는 위치를 향해 움직인다.

공중으로 뛰어오른 이성민은 더 이상 그들에게 신경을 쓸 수가 없었다. 어둠이 그를 쫓는다. 저 농도 짙은 어둠은 볼란데르 자체였다. 이성민은 질풍신뢰를 펼치며 허공을 가로질렀다. 최대한 다른 이들이 휘말리지 않는 곳으로. 아벨을 방해하지 않는 위치까지.

"다른 이들이 죽는 것을 보고 싶지 않은 모양이지?"

어둠 속에서 볼란데르의 목소리가 들려왔다. 이성민은 공중에서 몸을 뒤집었다. 발아래에 건물들이 보인다. 배회하는 언데드는 있어도 사람의 모습은 보이지 않았다.

쉬리리릭!

창이 회전을 시작했다. 순식간에 만들어진 관천 뇌격이 어둠을 찢었다.

화악!

어둠이 확장되었다. 관천에 꿰뚫린 구멍이 그대로 메워졌다. 불길하기 짝이 없는 어둠은 과거 프레스칸을 통해 접촉했던 마왕의 힘과 같았다.

[그 자체다. 완전히 타락한 볼란데르는 마왕의 힘을 직접적으로 사용하고 있으니까.]

주변 하늘이 시커멓게 물들었다. 덮쳐오는 어둠은 소름 끼치는 예기를 품고 있었다. 검선의 것과는 다른 포악하고 난잡한 예기, 범벅된 살기가 죽음을 원하고 있었다.

그것이 덮쳐온다. 이성민은 공중에서 몸을 고정하고서 창을 꽉 잡았다. 사마련주에게 받은 흑뢰번천의 오의가 그의 머릿속을 뒤덮었다.

선(線).

선이 되어야만 한다. 찌르는 창을 하나의 선으로. 움직이는 몸을 선으로. 그걸 계속 이어가며. 설원을 먹색 선으로 뒤덮던 사마련주가 그러했듯이.

단전에서 내공을 쥐어짠다. 요력이 끓어올랐다. 봉인을 무너뜨려서는 안 된다. 이성민은 크게 호흡을 삼켰다. 입안에서 비릿한 피의 맛이 났다.

요괴에 가까운 몸뚱이가, 피가 흐르지 않는 데스나이트를 상대로도 피를 갈구하고 있었다.

터졌다.

내공과 요력이 몸을 가득 채웠다. 이성민의 눈동자가 금색 빛을 발했다. 그는 한 손으로 창을 쥐고서 공중을 박찼다.

정면으로 덮쳐오는 어둠을 향해 한 손으로 휘두른 창은 자색 번개를 만들었다. 시커먼 하늘을 자색의 번개가 수놓았다. 그 모습은 마치 뇌신(雷神)과 같았다. 빛이 번진 어둠은 찢기지 않는다. 이성민이 만들어내는 선은 볼란데르의 어둠을 덮기에는 부족했다.

안다. 이성민은 사마련주가 아니다. 그를 닮고 싶어도, 그처럼 되고 싶다 해도. 그는 사마련주가 아니기에, 사마련주가 했던 것을 똑같이 할 수밖에 없다.

사마련주와의 거리는 아직 멀다. 이성민은 그 나름대로, 최선을 다해 그가 나아간 길을 쫓을 수밖에 없다.

머릿속에서 길이 열린다. 사마련주에게 계승 받아 인도되고 있는 길이.

양손으로 창을 잡았다.

마황 양일천은 창을 쓰지 않았지만 이성민은 창을 쓴다. 그래, 거기서부터 방법이 다르다. 사마련주가 제시해 준 길을, 이성민은 자기만의 방식으로 나아갈 수밖에 없다.

뼈가 부러졌다. 근육이 터졌다. 머릿속으로 알고 있는 길을 나아가기에는 이성민의 수준이 낮았다.

갑옷 안에서 터진 피가 뜨겁다. 통증은 없었다. 의식적으로 통증을 무시했다. 어차피 상처는 순식간에 재생된다. 볼란데르가 인간으로서의 싸움을 포기했듯이, 이성민도 그렇게 하고 있었다.

충돌.

어둠이 터졌다. 뻥 뚫린 구멍으로 하늘이 보였다. 그것이 순식간에 메워진다. 사방에서 덮쳐오는 예기가 몸을 노린다.

피하는 것은 불가능했다. 호신강기를 가득 부풀리며 창을 움직였다.

몸을 회전시키며 찌를 수 있는 모든 방향으로 창을 찌르고 빈틈은 휘두름으로 메워냈다. 조금씩, 선이 만들어졌다. 시커먼 어둠 속에서 이성민이 만들어내는 자주색의 선이.

내리찍는 힘이 몸을 짓누른다. 이성민과 그를 휘감은 볼란데르의 어둠이 땅으로 추락했다.

주변 일대가 완전히 소멸했다. 자리를 옮기길 잘했다. 주변에는 언데드뿐. 힘을 조절할 필요는 없게 되었다. 피비린내가 독했다.

상처는 재생되었지만 몸에서 나온 피가 축축했다. 뜨겁게 달아오른 몸이 피를 모조리 증발시켰다.

힘을 조절하지 않아도 되었다는 것을 알았기에, 이성민은 더욱 힘을 끌어냈다. 아직 그가 사용할 수 있는 힘은 바닥이 보이지 않고 있었다. 단전의 내공이 모조리 끌려 나온다. 그 빈자리를 사마련주의 내공이 메웠다. 전신 기혈에 번개가 흐른다.

빠르게, 더 빠르게.

극쾌를 추구하는 흑뢰번천의 구결을 떠올리며 구천무극창을 펼친다.

일초부터 칠초까지 순식간에 창법이 펼쳐진다. 공간이 깨지고 터지는 것이 반복되었다. 건물의 잔해는 흔적도 남지 않았다.

이성민과 볼란데르가 격돌하고 있는 게르무드 외곽은 건물 하나 없는 평원이 되었다.

터져 나가는 어둠 속에서 볼란데르의 몸이 꿈틀거렸다. 데스나이트의 몸뚱이가 이성민을 향해 뛰어들었다.

쥐고 있는 무기는 뭐지? 검인가, 창인가, 도끼인가. 아니면 다른 무기인가. 생각하지 마라. 볼란데르가 쓰는 것이 어떤 무기이건 상관없다. 그보다 더 빠르면.

그래. 더 빠르기만 하면.

소리 없이 뻗은 창이 어깨를 부순다. 팔이 완전히 박살 났다. 창을 뻗는 동작에 가동되는 뼈와 근육이 모조리 박살 났다. 몸뚱이 절반이 죽음을 맞았다.

사람이라면 이것만으로 죽음에 이르겠지만 이성민은 아니다. 미쳐버릴 것 같은 통증에 정신은 버텨냈다.

펑.

작은 소리가 났다. 볼란데르가 쥔 무기는 형태 없이 사라졌다. 한 걸음 걷는 새에 몸뚱이는 재생한다.

충만하게 차오른 요력이 몸을 움직이게끔 만들었다. 귓가에 웃음소리가 들린다. '나'의 웃음소리가. 무시하며 걸었고 다시 한 번 창을 뻗었다. 이번에도 소리는 없다. 너무 빨랐기 때문이다.

펑.

볼란데르의 다리가 박살 났다. 그의 갑옷과 무기는 마왕의 힘으로 제련된 영혼 자체다. 타락하면서까지 비원을 이루고자 하였던 볼란데르의 혼은 이성민의 속도 앞에서는 물렀다.

스스로도 주체할 수 없는 속도. 너무 과해서 몸뚱이를 박살 내지만, 오히려 이성민은 평온함을 느끼고 있었다. 이 어마어마한 속도에서. 자신의 창이 만들어내는 하나의 자색 선이 그의 마음을 고요하게 만들었다.

더.

한 걸음 걸었다. 창을 뻗었다.

더, 더.

사마련주는 이것보다 빨랐다. 그의 동작은 자연스러웠고 당연했다. 육체의 붕괴나 고통 따위를 동반하지는 않았다. 그에게 부끄러운 제자가 되어서는 안 된다.
사마련주의 모든 것을 받은 나는 사마련주와 같은, 아니, 그보다 더 멀리 가야만 한다.

"요란하군."
김종현은 수정구슬을 보며 중얼거렸다. 게르무드 외곽에서 벌어지는 격돌은 김종현이 있는 이곳까지 진동을 불러왔다. 아니, 지금은 그에 대해 신경을 쓸 때가 아니다. 김종현은 피식 웃었다.
성기사와 데스나이트들의 격돌은 백중지세였다. 전력만을 본다면 데스나이트들이 압도적일 터이나 성인이 발하는 힘은 데스나이트들의 힘을 반감시키면서 성기사들의 힘을 북돋웠다.

수천에 달하는 군중도 이쯤 되면 귀찮았다. 하지만 데스나이트들이 쉽사리 밀리는 것은 아니다. 당분간 상황은 고착될 것이다.

'나서고 싶어도…… 나설 수는 없군.'

김종현은 천천히 로브를 입었다. 스테프까지 쥐었고, 그리모어를 한 손에 들었다. 후드의 모자를 눌러쓰고, 김종현은 자신의 모습에 만족했다.

이야기 속에서나 나올 법한 사악한 흑마법사. 지금의 김종현은 그런 대중적인 이미지에 딱 맞았다.

'대마법사와 대주술사…… 둘 모두 전력 파악이 안 되는군.'

그나마 프라우에 대해서는 알고 있다. 귀혼술이라는 분야에 있어서는 정점이라지. 주술의 한 계통인 귀혼술은 네크로맨시 마법과는 방향성이 다르다. 어떤 의미에서는 신성마법과는 다른, 네크로맨시 마법의 천적이라고도 할 수 있다.

'마법사 길드장은 그리에스를 가지고 있다.'

그리에스가 어떤 마법을 가지고 있는지는 파악하지 못했다. 그것이 조금 아쉽군. 그래도 이번 기회에 알 수 있을 것이다. 김종현은 로브 끝자락을 끌면서 아벨과 프라우를 맞이하기 위해 나아갔다. 그의 등 뒤에 떠오른 시커먼 구체는 조용히 진동을 발했다.

'노림수가 뭔지는 모르겠지만.'

쉽사리 함락되어 줄 생각은 없었다.

김종현은 지금 자신이 처한 상황이 즐거워 미칠 것만 같았다.

가로막는 언데드는 아벨의 적이 아니었다. 그는 성큼성큼 앞으로 나아가기만 할 뿐, 주문도 외지 않고 수인도 맺지 않았다.

그러는데도 언데드들은 아벨에게 다가오지 못했다.

다가온다면, 일정 거리 안에서 폭발이 일어나 언데드들의 몸이 흔적도 없이 소멸했다.

이 마력결계는 마력도 거의 소모하지 않는다. 본래는 여름철 모기 잡이용으로 개발한 마법이지만, 붓는 마력의 총량을 조절한다면 모기보다 더 큰 놈도 잡을 수 있다.

"무식한 놈."

"지혜로운 것이라고 해."

투덜거리는 프라우의 말에 아벨은 어깨를 으쓱거리며 대답했다. 이 마법은 아벨을 중심으로 반경 5미터 내의 모기를 태워버린다.

마력을 조절해서 화력을 높이고, 대상을 모기 외의 언데드로 잡았다.

결국 언데드들은 아무리 발버둥 쳐봤자 5미터의 선을 넘은 순간 그대로 불타 버린다. 시체 타는 냄새는 고약했지만 이편이 앞으로 전진하기에는 깔끔했다.

"시끄럽군."

쫘아아앙!

또다시 폭발음과 함께 거대한 진동이 땅을 뒤흔들었다. 아벨은 휘청거리는 몸을 바로 잡으면서 소리가 나는 방향을 힐긋 보았다.

이성민과 볼란데르가 날아간 방향이다. 그쪽에는 시커먼 어둠과 자색 전류가 쉼 없이 터지고 있었다.

"동감입니다."

아벨의 걸음이 멈추었다.

천천히, 아주 천천히. 하늘에서 김종현이 내려왔다. 그는 검은 로브를 펄럭거리며 아래를 굽어보고 웃었다. 수백의 좀비가 기괴한 소리를 내며 주춤거리며 물러서다 무릎을 꿇었다.

시체들의 경배를 받으며 김종현은 그들의 머리 위에서 멈추었다. 아벨은 심드렁한 얼굴로 그런 김종현을 바라보았다.

"마법사 길드장."

아벨은 김종현의 차림새를 보았다. 저 로브. 평범한 흑색 로브처럼 보이지만, 보이는 것처럼 평범하지는 않다. 얼핏 느끼기에도 열 개에 가까운 대마법이 인챈트 되어 있다.

"당신에 대해서 여러 가지 방향으로 수를 써서 알아보려 했는데, 생각보다…… 비밀스러운 인물이셨더군요. 하긴, 내가 흑색 마탑주였을 당시에도 목소리만 간신히 들었으니."

"그때 기억나나? 벌써 몇 년 전이군. 그때부터 나는 네가 참 수상했단 말이야. 근거 따위 없는 감이었지만, 이제 와서 보면 내 감이 맞았지. 그때 너를 그냥 조졌어야 했는데."

"하하하!"

아벨의 이죽거림에 김종현은 크게 웃었다. 스태프. 저것에 도 심상찮은 마력이 느껴진다. 화력전으로 밀고 가면 이쪽이 불리할 텐데. 아벨은 품 안에 넣은 그리에스를 의식했다. 김종현의 왼손에는 그리모어가 있었다.

"이름이나 좀 알려주면 안 됩니까?"

"아벨."

아벨은 숨기지 않고 대답했다. 이름 정도 말해주는 것은 어려운 일이 아니었다.

"나와 이렇게 만난 것은 처음이지만, 그래도 내 형님은 만나 봤잖아."

"……예?"

아벨의 말에 김종현의 눈이 동그랗게 떠졌다. 많은 것을 알고, 많은 일을 벌여 온 그였지만. 아벨이 엔비루스, 카인의 동생이라는 사실은 알지 못했다.

"네가 어르무리에 있었다는 것은 안다. 아르베스, 그 등신의 뒤통수를 쳐서 과분한 힘을 얻은 것도 말이야."

"무슨 말을 하는 겁니까?"

"엔비루스라는 이름, 잊었냐? 아니면 카인이라고 해야 알아
들으려나?"

"아."

거기까지 말을 듣고 나니 모를 수가 없었다. 눈을 끔벅거리
던 김종현이 웃음을 터뜨렸다.

그는 뒤집어쓰고 있던 로브의 후드를 뒤로 넘기며 머리를
가로저었다.

"아, 아아. 그렇군요. 무슨 말인가 했더니…… 형님이라. 그,
마법사 길드장이 엔비루스와 형제일 줄이야. 그거 아십니까?
당신의 형이, 어르무리에서 얼마나 추한 짓을 하였는지."

"안다."

아벨은 머리를 끄덕거렸다. 어르무리에서 있었던 일을 그는
모두 다 알고 있었다. 엔비루스는 아르베스를 제압하지 못했
다. 물론 그 상황은 엔비루스에게 있어서 절대적으로 불리하
기는 했다.

그는 백 년 동안 본래의 마법을 사용하지 못해 정체되어 있
었고, 반면에 아르베스는 백 년의 성장과 더불어 어르무리 전
체의 마력까지 사용했다.

엔비루스의 주력인 무영창 마법은 어르무리의 마력을 통째

로 사용한 아르베스의 것과 비등했고, 정령 마법은 아르베스의 멸혼 마법과 상성이 좋지 않았다.

"내 형님이 병신이었지."

아벨은 엔비루스를 두둔하지 않았다. 자신의 운명에서 도주하여 백 년 동안 정체를 가진 것은 그 누구도 아닌 엔비루스가 자초한 것이다.

엔비루스는 종언이라는 운명에 대해 알면서도 충분한 준비를 갖추지 않았다.

"어르무리에 있던 것이 내 형님이 아닌 나였다면. 너랑 아르베스 둘 모두 죽여 버렸을 텐데 말이야."

"하하하!"

아벨의 말에 김종현이 다시금 웃는다.

프라우는 눈을 가늘게 뜨고 김종현을 보았다. 그녀의 눈은 아벨이 보지 못하는 것을 본다. 이 도시 전체에 고여 있는 모든 영혼. 그것이 김종현과 이어져 있었다.

"이성민 님에게 들었겠지요. 내가 무엇을 하려 하는지."

"그렇지. 제대로 미친 짓을 벌이려 하더군."

"나는 이 세상을 위하려는 겁니다. 종언…… 후후! 그 결말을 피하기 위해서, 내가 할 수 있는 가장 제대로 된 방법을 하려 하는 것이지요."

"아니, 그건 거짓말이다. 너는 너 자신의 즐거움을 위해서 이런 일을 벌이는 것이지. 준 마왕인 너는…… 대마계와 이 세상이 연결되었을 때, 대마계의 주인인 마신의 어여쁨을 받게 될 테니까. 마신이 너에게 대마왕의 지위라도 약속했나?"

"미천한 존재인 내가 어찌 마신을 영접할 수 있겠습니까? 나는 그 무엇도 약속받지 않았습니다."

"그렇다면 결국 자기 자신의 즐거움을 위해서 이런 일을 벌이는 것이로군. 그래도 말이야, 혹시 모르니 물어보겠는데. 너와 내가 힘을 합친다면 이 세계를 종언의 운명에서 빗겨나가게할 수 있다. 대마계와 연결되지 않고도 말이야."

"거절하겠습니다. 그건 재미가 없을 것 같으니."

아벨의 제안은 김종현에게 있어서는 생각할 거리도 되지 않았다.

미친놈. 아벨은 헛웃음을 흘리며 중얼거렸다. 결국 김종현에게 있어서 에리아가 종언의 살처분을 받는 것은 알 바가 아닌 것이다.

그럴 만도 했다. 그는 마음먹는다면, 멸망이 예정된 이 세계에서 탈출할 수 있었다. 그때, 망망대해 위에서. 대마계와 연결된 문을 건너갔더라면.

"거봐. 너는 그냥 미친놈이야."

아벨은 그렇게 중얼거리면서 앞으로 나섰다.

화아아악…….

주변을 덮고 있던 모기장이 사라진다. 아벨 주변의 마력 농도가 변화한 것을 보며 김종현은 빙긋 웃었다. 명령할 것도 없었다.

크아아아!

머리를 조아리고 있던 좀비들이 포효하며 앞으로 뛰어나갔다.

"프라우."

아벨은 양손을 들어 올리며 그렇게 말했다. 프라우가 한숨을 내쉬었다.

그녀의 머리카락이 천천히 위로 떠올랐다. 여기까지 온 이상 돌아갈 수는 없다. 솔직히 말해서 이런 일에 얽히는 것은 질색이다만. 그녀의 등 뒤에서 알라두르가 덩칫값을 못하고 주춤거리며 물러섰다.

프라우의 양손이 위로 들렸다. 프라우를 보는 김종현의 눈이 가늘게 뜨여졌다.

프라우 호즈. 대주술사.

그 정도는 알고 있다. 하지만 그녀가 대체 어떤 힘을 가지고 있는지는 알 수가 없었다.

프라우의 발밑에서 자그마한 진동이 시작되었다. 이윽고 솟구친 것은 회색빛의 악령들이었다.

그녀는 천천히 손을 뻗어 밀려오는 좀비들을 향해 악령을 내보냈다. 수십의 악령들은 물리적인 타격이 불가능한 영체(靈

體)였고, 좀비들은 손톱을 휘둘렀으나 악령의 몸뚱이를 찢지 못했다.

악령들은 기분 나쁜 웃음을 흘리면서 좀비들 사이사이를 누볐다.

악령과 스친 좀비들의 몸이 부르르 떨렸다. 그들은 기괴한 소리를 내며 몸을 돌렸다. 그리고 다른 좀비들을 덮치기 시작했다. 그 모습을 보며 김종현의 눈이 반짝거렸다.

'언데드의 상극이라 할 수 있는 능력이다. 그녀를 앞세웠다면 성문 쪽에서 좀비들과의 싸움은 압도적이었을 거야.'

그런 그녀를 굳이 이곳까지 데리고 왔다. 김종현은 그 사실을 무시하지 않았다. 저것 외에도 프라우가, 프라우만이 할 수 있는 일이 있으니 이곳까지 데리고 온 것이겠지.

저들이 게르무드를 침공하고서, 프라우가 능력을 선보인 것은 지금이 처음이었다.

"뭘 보나?"

아벨의 목소리가 들렸다.

김종현과 같은 위치까지 올라온 아벨은 보란 듯이 수인을 맺고 있었다.

아차.

김종현은 즐거운 기분으로 자기 자신을 자책했다. 그래, 지금은 프라우를 신경 쓸 때가 아니다. 그가 상대해야 할 것은 마법사 길드장이라는 지위 외에는 아무것도 알려져 있지 않은 비밀스러운 마법사다.

김종현은 빠르게 스태프를 들어 올렸다. 게르무드에 있는 동안 준비를 게을리하지는 않았다.

기왕이면 볼란데르 선에서 정리되기를 바라였지만, 만약이라는 것이 있으니 만반의 준비를 갖추었다. 김종현의 스태프가 흔들렸다. 굳이 이곳까지 나온 것은.

'마법을 깔아두었겠지.'

공간에 술식과 마력을 심어 두었다. 아주 작은 동작을 시동으로 삼는다. 그렇다면 마법은 즉시 펼쳐진다. 괜히 마법사와 싸울 때에 마법사의 영역에서 싸우지 말라는 말이 나돌아다니는 것이 아니다. 충분한 준비를 갖춘 마법사라면 시전 시간 없이 즉시 마법을 발현할 수 있다.

아벨은 그 누구보다 그 사실을 잘 알고 있었다.

그리고 김종현은 아벨을 모른다.

아벨은 엔비루스와 다르다. 타고난 재능부터 성향까지. 엔비루스는 무영창 마법을 창안해냈지만 아벨에게 그런 재주는 없었다.

엔비루스는 어떤 생각을 하고 있을지 모르겠지만, 아벨에게 있어서 형은 짜증 나는 개새끼였다. 동생인 자신보다 재능이 뛰어난 것도 마음에 안 드는데 타고난 성품은 더욱 마음에 들지 않았다.

"개 같은 새끼."

아벨은 옆에 있지도 않은 엔비루스를 욕하면서 눈을 크게 떴다.

마법사와의 싸움에서 무엇을 경계해야 하는가는 아벨 자신이 가장 잘 안다. 아벨의 삶 대부분은 마법의 수행이었고, 다른 마법사가 그러하듯이 아벨 역시 평생을 바쳐 이루고 싶은 비원이 있었다.

아벨의 비원은 형인 카인의 마법을 모조리 씹어버리는 것이었다.

아벨의 눈이 번쩍였다. 김종현이 미리 설치해 둔 마법들이 구현되기 직전에. 그는 이 공간에 백 개의 공격 마법이 설치되어 있음을 간파했고, 그중 아홉 개가 김종현의 뜻에 따라 발현하려 하고 있었다.

지금이라면 개입할 수 있다. 아벨의 입술이 달싹거렸다. 발현 직전의 마법에 아벨의 마력이 개입되어 술식이 어그러진다.

김종현은 마법이 펼쳐지지 않자 놀란 표정을 지었다. 타인이 강제적으로 개입하여 마법을 불발시키는 것.

마나를 통해 술식이 구동되는 중에 그를 디스펠한다면 불가능한 일은 아니다.

불가능하지는 않다. 결코 쉬운 일도 아니다. 아홉 개의 마법이 모조리 디스펠되었다. 그것이 끝이 아니었다. 아벨은 이미 이 공간에 설치된 모든 마법의 탐색을 끝냈고, 어느 것이 우선되고 어느 것이 공략하기 쉬운지도 이미 간파했다. 그렇다면 차분히 풀어나가면 된다.

아벨에게는 이런 일이 쉬웠다. 삶의 대부분 마법을 익히면서, 이런 것에 능숙하도록 집중했으니까.

"……후욱!"

이성민의 입에서 거친 호흡이 새어 나왔다. 그는 뻗은 창을 천천히 아래로 내렸다.

뻥 뚫린 정면에서 볼란데르가 서 있었다. 쉬지 않고 창을 뻗었다.

볼란데르의 모든 공격은 이성민의 창에 의해 박살 났고 그의 갑옷은 형체를 알 수 없을 정도로 부서졌다.

[하지만 죽지는 않았군.]

허주가 혀를 찼다. 그것이 중요했다. 볼란데르는 죽지 않았다. 애초에 그는 죽은 몸이니, 소멸이라는 말을 쓰는 것이 옳겠지만.

"……아."

투구의 아래에서 자그마한 목소리가 새어 나왔다. 볼란데르는 삐걱거리는 몸뚱이를 움직여 천천히 머리를 들었다. 흐릿해진 안광에 다시 불이 켜졌다.

"내가 인간이었다면 좋았을 것을."

볼란데르는 그렇게 중얼거리며 천천히 발을 뻗었다. 짓이겨진 갑옷이 원상태로 복구되었다. 몇 걸음 걷는 것으로 그는 상처 하나 없는 모습이 되었다. 데스 나이트인 그는 통증을 느끼지 않는다. 피로도 느끼지 않는다.

"그랬다면, 방금의 너에게 만족스러운 죽음을 맞을 수 있었을 텐데."

[참 질긴 놈이구나.]

허주가 혀를 내둘렀다. 몸뚱이는…… 괜찮다. 아직 움직인다. 요력과 내공은 여유가 많다. 육체의 피로? 문제 될 것은 없었다.

이성민은 천천히 창을 들어 올렸다.

'오히려 잘됐어.'

진심으로 그렇게 생각했다. 육체가 부서지고 재생하는 것이 반복될수록. 창을 계속해서 움직일수록. 머릿속에 있는 사마련주의 무학을 펼치는 것에 능숙해지고 있었다.

[하지만 위험해. 육체의 재생은 만능이 아니다. 그것이 거듭될수록 너는 인간이 아닌 요괴에 가까워져 가는 것이다.]

인간의 몸은 이런 재생력을 갖고 있지 않으니까.

"나도 알아."

이성민은 천천히 창을 회전시켰다.

볼란데르가 먼저 부서질까, 내가 먼저 부서질까.

창의 회전 소리 속에서 이성민은 그런 생각을 했다.

만족하며 죽을 수 있었다.

볼란데르는 진심으로 그렇게 생각했다. 하지만 죽지 못했다. 이 몸뚱이는 통증을 느끼지 않는다. 죽음 직전까지 아무리 몰아붙여져도 어지간해서는 죽지 않는다.

"너는 인간인가?"

볼란데르가 물었다.

"왜 네가 나를 막으려 하는 것인지 잘 모르겠다. 김종현의 계획이 이루어진다면 이 세상은 종언의 운명에서 벗어난다. 대마계와 연결되는 것은 큰 재앙을 불러오겠지만, 너 정도의 존재라면 대마계의 침공 속에서도 무난하게 살아남을 수 있을 터인데."

"다른 이들이 죽겠지."

이성민은 무뚝뚝한 어조로 대답했다. 그 말에 볼란데르가 낮은 웃음을 흘렸다.

"그 대답이 나를 더욱 의아하게 만드는군. 설마…… 너는 자신이 인간이라고 생각하는 것인가? 그런 몸뚱이를 가지고 있으면서?"

"그 말. 스스로에게 하는 말인가?"

"그렇지."

볼란데르가 천천히 머리를 끄덕거렸다.

"하지만 너와 나는 다르지. 나는…… 간절하다. 인간이 되어, 인간으로 죽는 것에 간절해. 너는 어떤가. 너는 이 세상을 구하고 싶은 것인가? 너는 파멸이 예정되어 있어. 네가 나를 막고, 김종현의 계획까지 막는다고 해도. 이 세상은 종언의 운명에서 벗어날 수가 없다."

알고 있다. 만약 이성민 혼자였다면 방법이 없었을 것이다. 하지만, 이번 일에서 이성민은 혼자가 아니다. 이성민이 하지 못하는 일을 아벨은 할 수 있다.

"나는 인간이 될 수 있다면 무슨 일이 벌어진다 해도 상관이 없다. 그것만을 위해 지금까지 살아왔으니까."

어차피 볼란데르의 바람은 인간이 되어 죽는 것. 종언이 오건, 이 세상이 대마계와 연결되건. 볼란데르가 알 바는 아닌 것이다.

하지만 이성민은 다르다. 종언을 막는 것에 실패한다면 아무것도 변하지 않는다. 여기서 볼란데르를 죽이고, 김종현이 실패하고 아벨이 성공해서 이 세상이 종언의 운명에서 벗어난다 해도.

이성민은 무엇을 얻는가.

파멸이 예정되어 있다. 볼란데르의 말이 맞다. 이성민에게는 어느 쪽을 선택하든 파멸이 예정되어 있다.

종언을 맞이하여 모두 죽거나. 아니면…… 모두 살아도 이성민이 완전히 요괴가 되어버리던가. 완전한 요괴가 된다면 테레사가 자신을 정화할 수 있을까?

"이쪽으로 오라."

볼란데르가 손을 내밀었다.

"김종현은 너에게 많은 호의를 가지고 있지. 네가 바란다면, 김종현은 나를 인간으로 바꾸어 주듯이 너도 인간으로 만들어 줄 수 있을 것이다."

"……의미가 없어."

이성민은 머리를 가로저었다.

간절함.

아벨이 했던 말이 머릿속을 맴돈다. 볼란데르도 그런 간절함을 가지고 있었다. 인간이 되고자 하는 간절함. 나는 무엇에 간절한가? 이성민은 회전을 멈추지 않는 자신의 창을 내려 보았다.

전생보다 나은 삶.

강해지는 것.

무의 끝을 보는 것.

지금까지 살아오면서, 이성민은 많은 목표를 가져왔다. 그것에는…… 간절했다고 생각한다.

몇 가지는 이루었다. 전생보다 나은 삶. 그것은 확실히 손에 넣었다. 강해지는 것? 그것도 손에 넣었다. 지금의 이성민이 이룩한 힘은 경이적이라 할 만했다.

하지만 무의 끝은 보지 못했다.

"아까울 뿐이야."

이성민은 작은 목소리로 말했다.

"여태까지 살면서, 나는…… 행복이라는 것을 길게 느껴보지 못했다. 나는 항상 바빴거든. 해야 할 일도 많았지."

많은 일이 있었다. 어느 한 곳에 정착하여 여유로운 삶을 가져 본 적은 없었다. 므쉬의 산에서 고행을 겪었고, 소림에서 무를 수련했다. 소림을 떠나 화산으로 가 검귀를 죽였다. 자신의 부족함을 알게 되어 데니르의 수행을 받았다. 그 후에는 엔비루스의 자취를 쫓아 잠자는 숲으로 갔고, 그곳에서 허주와 루비아를 만났다. 바라였던 대로 던전에서 백소고의 죽음을 막았다. 그 후에는 귀인을 만날 것이라는 신령의 말에 따라 북쪽으로 갔다.

그곳에서도 많은 일을 겪었다. 광천마와 만났고, 혈천마를 죽였다. 위지호연과의 약속을 지키기 위해 루베스로 가 천외천의 암존과 만났고 사마련주와의 첫 인연을 맺었다.

오랜만에 만난 위지호연은 저주를 받아 약해져 있었다. 그녀의 저주를 풀고자 남쪽으로 내려갔다.

데븐에서 허주의 잔재를 쓰러뜨렸다. 무림맹의 음모에 휘말렸다. 어르무리에서 야나를 만났고, 엔비루스를 만났다. 아르베스의 음모를 저지했다. 그 과정에서 막대한 요력이 몸에 유입되어 요괴에 가깝게 변이되었다. 광천마와…… 루비아를 잃었다. 결국 엘프의 숲까지 가서 검존과 권존을 죽였다. 위지호연의 저주를 없앴다.

계속, 계속.

이성민은 그렇게 살았다. 자기 자신이 하고 싶은 일보다는, 어쩔 수 없이 해야 하는 일에 휘말려서. 아니, 꼭 그렇게 말할 수는 없었다.

어쩔 수 없이 해야 하는 일들. 그것들 대부분은 이성민이 진심으로, 간절히 하고 싶었던 일이니까.

좋은 기억은.

그리 많지 않았다. 많은 것을 잃어왔다. 이곳까지 오면서. 루비아도, 광천마도, 사마련주도.

그 모든 것을 이성민은 잊지 않았다. 그는 그렇게 조금씩 망가져 갔다. 어쩌면 완전히 망가졌을지도 모르는 일이지만. 그는 멈추지 않았다. 멈출 수가 없었다.

"억울해서 그래."

　웃음이 나왔다. 웃을 수밖에 없었다. 전생보다 나은 삶. 강해졌다. 하지만 행복했던 기억이 너무나도 적다. 어쩌면, 전생의 삶이 지금보다 행복했던 것 같다.

　적어도 그때는 하루 일을 마치고 번 돈을 탕진해가며 술을 마시는 것으로 싸구려 행복을 느낄 수 있었다. 언제 죽을지 모르는 하급 용병이었다고 해도, 적어도 그때에는 언제 요괴가 될지 모른다는 불안 따위는 없었다.

　"한 번 죽고, 과거로 돌아와서. 간신히 이곳까지 왔다. 지금까지 살면서…… 나는 행복한 기억이 많지 않아. 이만한 힘을 가지고 있는데도 그를 제대로 누려 본 적이 없다."

　키이이잉…… 회전하는 창에 요력이 유입된다. 자색 전류가 튀어 올랐다.

　"종언이 온다면 이 세상은 끝난다. 대마계와 연결되어도 이 세상은 내가 알던 세상이 아니게 되어버려. 그게…… 억울하고 아까워서 안 되겠다. 그래서 막아야겠어."

　그 말에 볼란데르는 큰 소리로 웃었다. 억울하고 아깝다. 그것은 볼란데르도 마찬가지였다. 수백 년을 데스 나이트로 살았다. 드디어 인간으로 돌아가 죽을 수 있는 방법을 알았다.

그러니까…… 억울해서라도 멈출 수는 없다.

"오라."

볼란데르가 검을 가슴 앞으로 세웠다.

"서로가 아깝고 억울해해. 나름의 바람에 간절함을 가지고 있지. 또, 너와 나. 둘 모두 파멸이 예정되어 있다는 것은 똑같구나."

"달라."

슉.

창을 뻗으면서, 이성민은 머리를 가로저었다.

꽈아앙!

공간이 찢어졌다. 거듭된 회전을 통해 부풀린 관천은 세상을 관통하는 거대한 번개가 되었다.

검을 가슴 앞으로 모은 볼란데르는 물러서지 않고 앞으로 나아갔다.

사아아악…….

죽음의 기운이 일어났다.

투웅.

볼란데르가 땅을 박차고 가볍게 날아올랐다.

[소모전은 의미가 없다. 네가 끝을 알 수 없을 정도의 내공과 요력을 가지고 있듯이, 볼란데르는 완전한 타락을 이루어 막대한 마력을 얻었다.]

볼란데르의 몸이 어둠으로 무너져 내렸다. 그는 이성민의 관천을 통째로 집어삼켰다. 어둠 속에서 무한에 가까운 참격이 만들어지며 관천을 깎아내렸다.

[오히려 네가 불리하지. 계속해서 이런 싸움이 벌어진다면 네 봉인이 박살 나버려. 요괴가 된다는 말이다. 확실하게 죽여야 돼, 확실하게.]

혼적도 남지 않을 정도로.

푸확!

관천이 소멸되었다. 흐트러진 어둠이 태세를 정비한다. 그리고 공간을 잠식해가며 이성민을 덮쳐왔다.

이성민의 두 눈이 가늘게 뜨여졌다. 조금이나마 확실하게 닿았다. 볼란데르와의 싸움은 이성민에게 많은 의미를 주었다. 사마련주 무학을 자신에 걸맞게 펼치는 법을 알게 되었다.

흑뢰번천은 극쾌의 무공. 그 무엇보다 빠르게, 날카롭게, 정교하게 힘을 집중한다. 창끝에 자색 빛이 어렸다.

검귀를 죽였을 때의 창. 정신세계에서 도달했던 이상적인 창의 궤적.

그를 더욱 초월한다. 그때의 이성민에게 이상적이었던 창은 지금의 그에게는 이상적이지 않으니까.

완성된 무(武).

이성민은 이미 그것을 보았다. 스스로 펼친 적이 없었어도,

두 눈으로 보고 잊지 않았다. 그리고 그에 도달하기 위한 길이 이성민의 머릿속에 있다.

사마련주의 등이 보였다. 환각일까. 집중에 집중, 거듭된 자기 최면이 사마련주의 모습을 투영해 낸 것일까.

멀다.

발을 앞으로 크게 뻗어 보았지만, 사마련주와의 거리는 좁혀지지 않는다.

아.

이성민은 자연스럽게 알게 되었다. 이 거리감이 사마련주와 자신 사이에 있는 차이라고. 아무리 보폭을 넓게 해도 사마련주와의 거리는 좁혀지지 않는다. 창을 뻗는다면 닿을까. 이성민은 양손으로 잡은 창을 꽉 쥐었다.

그 순간에 그는 구천무극창의 초식 같은 것은 머리에 생각하지 않았다. 확실하게 펼칠 수 있는 가장 이상적인 창법, 그것을 넘어서.

사마련주가 보여주었던 흑뢰번천을. 그를 완전히 펼칠 수 없다고 해도 간절함을 담아서.

"해봐라."

그런 목소리가 들렸다. 사마련주의 목소리였다. 뒷모습이다. 사마련주는 이성민을 돌아보지 않았다.

　그는 이 세상을 떠나 절대자의 길로 향했다. 그 길을 가겠노라 선택한 것은 그 누구도 아닌 사마련주 본인이다. 그래, 그러니까 그는 절대로 뒤를 돌아보지 않는다.

　그러니, 곁에 서야 한다.

　찌지지지직!

　창끝의 전류가 크게 부풀었다. 사마련주의 등이 사라진다. 대신에 이성민이 보고 있는 것은 달려드는 수십의 거지들이었다.

　개방의 타구봉진. 무림 절진 중 하나라는 대 타구봉진을 손쉽게 제압했던 사마련주의 무공. 그것을 펼치는 것은 사마련주가 아닌 이성민이다. 맨손으로 펼치는 것이 아닌 창으로 펼쳐야 한다.

　"너답게."

　그래, 나답게.

　이성민의 두 눈이 번쩍 떠졌다. 먼저 터진 만뢰(萬雷)가 세상을 번개로 찢고 뇌운(雷雲)이 세상을 덮는다.

　그 시점에서 창은 이미 끝까지 뻗어진다.

　하하하!

사마련주의 웃음소리가 창끝을 스쳤다.

"개벽(開闢)."

창이 출발하고 끝에 닿았을 때. 새로운 세상이 열린다.

그것은 더 이상 창술이라고 할 수가 없었다. 공간 자체를 개변하는 그 힘은 무공의 영역마저 초월했다.

정면으로 달려드는 볼란데르는 자색 번개가 시야를 뒤덮은 시점에서 깨달았다. 지금 이성민이 펼친 창술이 얼마나 경이적인지. 죽음의 기운을 내뿜으며 전진하는 자신의 힘이 얼마나 초라한지. 문득 뒤를 보았을 때, 볼란데르는 자신의 뒤에 아무도 없다는 것을 알았다.

그가 이끄는 데스나이트의 군단은 그의 곁에 없었다.

있어도 변하는 것은 없었겠지. 볼란데르는 웃으면서 계속해서 나아갔다. 유령마가 솟구쳤다. 그 위에 타고서 볼란데르는 전력을 향해 앞으로 달려나갔다. 양손으로 쥔 검을 앞으로 향하며. 그는 휘몰아치는 번개의 세상을 향해 뛰어들었다.

부정되었다. 수백 년 동안 바라 온 비원이. 인간이 되어 죽고자 하던 바람이. 볼란데르는 게르무드 수천의 원혼들이 비

웃는 소리를 들었다.

그들의 웃는 소리를 지워내듯이, 볼란데르는 더 큰 소리로 웃었다.

"그래, 다르구나."

볼란데르가 웃는 목소리로 외쳤다.

"내 파멸이 너보다 빨랐는가."

가장 먼저, 검이 지워졌다.

"네가 나보다 간절했어."

유령마가 지워졌다.

"너를 동정하마."

몸이 지워진다.

"결국 너는 파멸을 피할 수 없을 테니까."

-슈욱.

크게 부풀었던 세상이 다시 닫힌다.

-콰아아아!

뒤늦게 몰아닥친 바람이 주변을 휩쓸었다. 수북이 쌓인 먼지들이 폭풍이 되었다.

이성민은 비틀거리며 그 자리에 주저앉았다. 속이 텅 빈 것 같았다. 지끈거리는 두통이 뇌를 찢는 것 같았다.

떨그렁.

쥐고 있던 창이 힘없이 땅으로 떨어졌다. 이성민은 떨리는 눈으로 자신의 두 손을 내려 보았다. 엉망으로 비틀린 손에 감각이 더뎠다. 천천히 감각이 돌아오고 팔이 재생된다.

"커헉!"

이성민은 목구멍으로 올라온 핏물을 삼키지 않고 내뱉었다.

했다.

사마련주가 보여준 길을 따라, 나답게.

볼란데르는…… 어디에 있지? 이성민은 숨을 몰아쉬며 일어섰다.

[소멸했다.]

허주가 대답했다.

[이 세상에서 완전히 소멸하였으니, 놈은 자신의 혼을 가진 마왕에게로 돌아갔겠지. 완전한 죽음은 아니지만, 적어도 이 세상에서 다시는 볼란데르를 볼 일이 없을 것이다.]

"……허억…… 헉……."

[프레데터의 검은 별. 그중 하나가 인간에게 저물었구나.]

이성민은 바닥에 떨어진 창을 쥐었다.

"……아직이야."

아직.

이성민은 발을 질질 끌며 걸었다.

소멸하기 직전, 볼란데르가 외친 동정 어린 말을 지워내면서.

6장
마왕(1)

아벨은 김종현을 만났을까.

이성민은 숨을 몰아쉬면서 발을 질질 끌었다. 몸은 회복되었는데 움직이는 것이 힘들었다.

그 마지막 일격.

볼란데르를 이 세상에서 완전히 지워버렸던 '개벽'은 이성민의 심력을 너무 많이 소모하게 만들었다.

아직 멀다는 뜻이겠지. 이성민은 숨을 삼키며 기우는 몸을 일으켰다. 몇 번의 심호흡을 한 뒤에 이성민은 걸음을 재촉했다.

볼란데르를 죽였다. 프레데터에서 수백 년 동안 군림해 온 데스나이트의 군주가, 바로 방금 전에 이성민에 의해 소멸했다.

그것에 대해서 이성민은 크나큰 감흥은 느끼지 못했다. 자기 자신이 해낸 일에 대한 성취감도, 승리의 달콤함도. 느끼고

취하기에는 너무나도 옅었다.

스스로 부족하다 여겼기 때문에 성취감이 적었고, 볼란데르를 소멸시킨 것이 완전한 승리가 아니기에 달콤하다 느껴지지도 않았다.

오히려 조금 입맛이 썼다. 뛰어난 기사였던 볼란데르는 저주를 받아 수백 년 동안 데스나이트로 살았다.

그 수백 년 동안 그는 자기 자신의 기사도를 지켜왔고, 지금에 와서야 인간이 되고자 하는 방법을 만나 수백 년을 따르던 기사도를 저버렸다.

그렇게까지 하면서 그는 인간이 되기를 바라였다.

인간이 되어 죽는 것. 데스나이트는 절대로 윤회할 수 없으니까. 솔직히 말해서, 이성민은 조금의 죄책감을 느끼고 있었다.

여태까지 그의 손에 죽은 이들은 결코 적지 않다. 그들이 죽음을 바라건 바라지 않았건 간에, 적어도 죽음은 그들에게 깔끔하게 적용되었을 것이다.

하지만 볼란데르는 아니다. 그리고, 다른 데스나이트들도 그럴 것이다.

[그래서. 볼란데르를 인간으로 만들어주고 싶었나?]

허주가 이죽거렸다.

[수만 명의 죽음을 방조하여 볼란데르가 인간이 되어 죽었다면, 그래. 볼란데르는 기분 좋게 죽었겠지. 너는 그것으로

만족했겠느냐?]

'그건 아니야.'

[그렇다면 쓸데없는 생각은 하지 마라. 지금 너는 네가 끝장 낸 볼란데르를 동정하고 있는 것이고, 그건 싸구려 동정이다. 네가 쓰러뜨린 적을 동정하지 마라. 볼란데르는 놈 나름대로 간절하고 필사적이었던 것이고, 너는 너 나름대로 간절하고 필사적이었던 것뿐이니까. 적어도. 너는 볼란데르를 쓰러뜨림으로써, 놈이 인간이 되기 위한 제물로 삼으려 했던 앞으로의 수만 목숨을 구한 것이다.]

물론 다른 놈들은 알지도 못하겠지만.

허주가 이죽거렸다.

싸구려 동정. 이성민은 허주가 내뱉은 말을 뇌까리며 피식 웃었다.

그래, 그 말대로다. 지금 와서 이렇게 생각해서 뭘 하나. 개벽의 창을 내지르는 순간에는 볼란데르를 조금도 동정하지 않았는데.

'교회 쪽은 어떻게 되었지?'

볼란데르가 사라졌다고는 하나 그가 이끌고 있는 데스나이트들이 무력화된 것은 아니다. 적어도 그들이 붙잡혀 있다는 것을 다행으로 알아야 하나.

테레사가 있고 성기사와 신관들이 있으니, 그쪽이 몰살당하지는 않겠지. 물론 어디까지나 추측일 뿐이다.

"어떻게 되었나?"

그래서, 이성민은 피로한 목소리로 질문했다.

이성민은 자신을 둘러싸고 있는 요괴들을 빙 둘러 보았다. 토벌대에 참가했던 요괴들이다. 허주가 경고했던 대로, 놈들이 노리는 것은 진한 요력을 가지고 있는 이성민이었다.

"너희가 오기 전에 말이야. 상황은 어땠지? 데스나이트들이 우세했나, 성기사들이 우세했나?"

요괴들은 긴장한 표정을 지을 뿐 대답하지 않았다. 그들은 이성민이 볼란데르를 쓰러뜨리는 것을 보았다. 그 순간에 이성민이 보여 준 것은 그들의 상식을 아득히 벗어난 초월적인 무위였다.

그걸 보았음에도 앞으로 나선 것은, 요괴들이 자신이 가진 힘에 자신이 있어서는 아니었다. 걸음조차 제대로 뻗지 못하고 비틀거리는 이성민이, 너무 약해져 보여 먹음직스러워 보였기 때문이었다.

"몰라?"

이성민은 눈가를 찡그리며 물었다.

크르르.

요괴들이 이빨을 드러냈다.

누가 먼저 나갈래? 서로 눈빛을 나눌 때, 이성민은 한숨을

쉬면서 앞으로 걸었다.

푸확!

소리 없이 번진 자색의 전류가 요괴들의 몸을 터뜨렸다. 순식간에 십여 마리의 요괴를 터뜨려 죽이고서, 이성민은 방향을 찾았다.

대기 중의 기, 마력의 유동을 쫓는다. 아마 지금쯤이라면 아벨도 김종현과 격돌 중일 것이다. 생각대로였다. 먼 곳에서 격렬한 기의 유동이 잡혔다.

볼란데르가 죽기 전.

이성민과 볼란데르가 한참 서로 격돌하고 있는 중에, 김종현과 아벨이 대치하고 있었다.

김종현은 자신이 이 공간에 준비해 둔 마법이 제대로 빛을 발하지 못하고 아벨에게 디스펠 된 것에 적잖게 당황하고 있었다.

설마 이런 식의 대처가 가능한 마법사가 있을 것이라고는 생각해 본 적이 없었다. 이론적으로야 가능한 일이라지만, 마법이 발현되기 직전에 강제적으로 개입해서 술식을 흩트려 디스펠을 해내다니.

그것도 하나의 마법만 그런 것이 아니다. 발현 순서에 맞춰 수십 개의 마법을 순식간에 디스펠 했다.

'그렇군.'

저 연속적인 디스펠은 특수한 마법 따위를 사용한 것이 아니다. 마법사라면 누구나 알고 있는 기본 기술을 응용하고, 순식간에 해낸 것에 지나지 않는다.

'기본에 충실…… 아니, 저쯤 되면 기본기라고 할 수도 없겠군.'

당황 뒤에 감탄이 온다. 김종현은 진심으로 아벨의 수법에 감탄했다.

동시에 흥미도 일었다. 마법사 길드장. 흔히들 가진 마법사의 이미지는 뭔지도 모를 마법 실험에 몰두하는 노인네일 것이다. 틀린 말은 아니다. 마법사 길드에 소속되어 있는 대부분의 마법사들은 각자의 비원을 가지고서 그걸 이루기 위해 평생을 몰두하고 있다. 그리고, 그중 대부분이 마법 실험인 것도 어쩔 수 없는 사실이다.

하지만 아벨은 다르다. 김종현은 아벨이 어떤 마법사인지 어느 정도 간파했다. 대(對) 마법사전에 특화되어 있다. 설마 마법사 길드장이 대 마법사전에 특화되어 있는 전투 마법사일 줄이야.

예상이 어긋났다는 사실에 김종현은 더욱 즐거움을 느꼈다.

'그럼 어디…….'

그 재빠른 연속 디스펠이 어디까지 가능한가 볼까.

김종현이 이 공간에 설치해 둔 마법은 백 개. 그중 십여 개가 디스펠되었지만 아직 사용할 수 있는 마법은 무궁무진하다.

그것은 마법사 간의 대결에서 압도적인 우위를 갖게끔 만들어준다. 굳이 말하자면 쉼 없이 난사할 수 있는 머신건을 들고 일일이 탄환을 장전하고 쏴야 되는 단발식 샷건을 상대하는 것과 같다고 할 수 있으리라.

온다. 아벨의 두 눈이 부릅떠졌다. 마법을 디스펠하는 것은 기본기였지만 공간에 설치되어 있는 마법을 간파하는 것은 그 나름대로 개량한 디텍트 아이다.

구십 개의 마법이 동시에 발현되는 것은 불가능하다. 순차적으로, 그래서 어떤 것이 우선이지? 마나의 흐름을 읽는다.

그것은 아벨에게 있어서는 쉬운 일이었다. 즉시 디스펠에 들어간다. 교란을 위해 김종현은 페이크를 걸어가며 마나의 유입을 조절하고 거두기를 반복하고, 발현 직전의 마법을 직접 취소하고 다른 마법을 대신 발현하는 등으로 아벨을 기만하려 했다.

소용없었다. 김종현의 교란은 아벨을 혼란스럽게 만들지 못했다. 쉼 없이 쏘아대는 머신건이 격발조차 되지 못한다.

김종현은 거듭해서 감탄했다. 그러는 동시에 보란 듯이 손가락을 들어 아벨을 가리켰다. 공간에 깔아 둔 마법만이 전부가 아니다. 미리 준비한 마법의 디스펠에 정신이 팔려 있다면,

이쪽에서 즉시 마법을 펼쳐 공격하면 되는 일 아닌가.

아벨은 바보가 아니다. 디스펠로 공간에 깔린 마법을 공략한다면 김종현이 직접 공격해 올 것은 당연한 일. 김종현만큼은 아니어도 아벨도 이번 결전을 위해 준비한 것이 많았다.

화악!

시커먼 불길이 덮쳐올 때 아벨은 로배의 소매 안에서 자그마한 구슬을 꺼냈다.

콰드드득!

불길이 사라졌다. 그 빈자리를 새하얀 얼음 무더기가 덮쳤다. 마법 아이템? 김종현은 덮쳐오는 얼음 덩어리를 보며 수인을 맺었다.

얼음이 순식간에 녹아내린다. 무영창까지는 아니어도 캐스팅은 고속으로 이루어졌다. 김종현은 세 가지의 마법을 동시에 펼치며 아벨을 압박했다. 그러면서도 공간에 깔린 마법을 계속해서 발동했다.

'이쪽이 불리해.'

알고 있다. 김종현의 영지에서 싸움을 벌이는 이상 이런 불리함은 당연히 끌어안고 극복해야만 한다. 마차에서 아벨이 만들었던 것은 다양한 상황에 사용할 수 있는 스크롤과 마법 아이템들이었다.

하지만 이것만으로는 부족하군. 효율이 그리 좋지는 않지만 어쩔 수 없나.

오른손으로 원을 그리고, 왼손으로 네모를. 원의 형태가 무너져서는 안 된다. 네모는 각이 살아 있어야 한다. 이 지긋지긋하고 좆같은. 아벨은 먼 옛날의 기억을 떠올렸다.

빌어먹을 형님을 마법전으로 씹어버리기 위해 오래전에 수행했던 것.

양의심공은 효율적으로는 그리 좋지 않은 무공이다. 마음을 둘로 나누어 두 개의 무공을 동시에 펼치는 것.

이론만 보자면 세상에 다시 없을 신공이나, 익히는 것도 워낙에 난해하고 막상 두 개의 무공을 동시에 펼친다 해도 하나를 제대로 펼치는 것만큼 위력이 나오지 않는다.

내공이라는 것은 심오한 것이라 두 개의 구결을 동시에 펼치면 어떤 수를 써도 충돌이 일어날 수밖에 없기 때문이다.

하지만 마법은 다르다.

마법은, 무공과는 다르게 몸으로 펼치는 것이 아니다. 몸이 가만히 있어도 술식만 제대로 완성한다면 충돌하는 일 없이 동시에 마법을 펼치는 것이 가능하다.

아벨은 입술을 열어 빠르게 캐스팅을 외었다. 그러면서 디스펠 작업을 계속했다.

주문을 외어가면서 양손을 떨쳐 준비해 둔 마법 아이템을 개방시켰다.

김종현의 눈이 크게 떠졌다. 아벨의 마법이 김종현의 마법과 충돌했고 개방된 마법 아이템이 화력을 더했다. 그러면서도 디스펠은 멈추지 않는다.

'멀티 캐스팅? 아니, 아니야.'

두 개의 마법을 동시에 펼치는 것이라면 김종현도 할 수 있다. 하지만 멀티 캐스팅이라는 것은 말이 멀티 캐스팅이지, 두 개의 술식을 잘 끼워 맞춘 것에 지나지 않는다.

두 개의 술식을 하나로 만들어, 하나의 술식으로 두 개의 마법을 펼치는 것이 고작이란 말이다. 그렇다 보니 어쩔 수 없이 마법으로서의 완성도는 떨어진다.

게다가, 디스펠과 캐스팅을 동시에 하게 만드는 멀티 캐스팅은 존재할 수가 없다. 두 마법의 종류가 완전히 다른데 어찌 가능하단 말인가?

"됐다."

아벨의 입꼬리가 올라갔다. 그의 두 눈은 어느새 핏발이 서 있었고 코에는 피가 흐르고 있었다. 양의심공은 그렇다 치더라도 쉴 없이 디스펠을 거듭하면서 정신을 과하게 집중한 것에 뇌에 부하가 온 것이다.

아벨은 욱신거리는 두통을 오히려 즐겁게 여겼다. 처음부터 조금 무리하기는 했지만, 그래도.

김종현이 이 공간에 깔아 둔 마법은 모조리 지워냈다.

"넌 좆됐어."

아벨이 내뱉었다. 그는 양의심공을 멈추고서 양손을 활짝 펼쳤다. 미리 준비해 두었던 수십 장의 마법 스크롤이 그의 소매 안에서 풀려나왔다. 김종현은 공간에 깔아 둔 마법이 완전히 사라졌다는 것에 다시금 당황했다. 대 마법사전에서 자신이 이렇게까지 당황하는 날이 올 것이라고는 그리 많은 상상을 해보지 않았기 때문에 그의 동요가 표정으로 번졌다.

수십 장의 스크롤이 동시에 개방되었다.

아벨과 김종현 사이에는 많은 차이가 있다. 가진 마력의 크기 같은 것을 본다면 아벨보다 김종현이 나을 것이다. 하지만 아벨은 김종현이 가지지 못한 것을 가지고 있었다.

그것은 노련함이다. 김종현이 아르베스의 지식을 가지고 있다고 해도. 아벨과 아르베스는 마법의 방향성이 다르다. 흑마법사였던 아르베스와는 달리, 아벨은 철저하게 대 마법사전에 특화된, 전투 마법사로서 자신을 단련해 왔다. 마법사 길드장이라는 직함에 그리 어울리는 방향성은 아니다만. 아벨은 스스로를 마법사의 정점이라 칭하던 것에 걸맞은 실력을 가지고 있었다.

마법이라는 것은 단순히 많이 준비하고 많이 펼치는 것이 능사가 아니다. 마법도 상성이 있고 연계가 있다. 아벨의 스크롤은 철저하게 연계에 맞게 구성되어 있다.

동시에 펼친 마법은 서로 충돌하지 않고 오히려 힘을 북돋는다. 그 구성에 마법의 수준은 문제 되지 않는다. 기본 중의 기본이라고 할 수 있는 매직 미사일도 어떻게 술식을 짜느냐에 따라 위력은 기하급수적으로 상승한다.

화염계 마법에서 최강으로 꼽히는 헬파이어와 매직 미사일을 조합한다면 수백의 화염 다발이 된다.

빙결 마법과 화염 마법을 동시에 펼치는 것은 서로의 위력만 깎는다. 하지만 바람 마법과 화염 마법은 궁합이 잘 맞는다.

그러한 계산으로 짜여진 스크롤의 향연은 김종현을 급히 뒤로 물러서게 만들었다. 김종현은 로브의 후드를 뒤집어썼다.

로브에 인챈트 된 방어 마법이 즉시 발동되었다. 김종현의 몸이 반투명한 결계에 삼켜졌다. 이틀 전 이성민이 쏘아낸 창으로도 뚫지 못했던 결계다.

콰르르르릉!

각양각색의 마법이 만들어낸 폭풍이 김종현의 몸을 크게 뒤로 밀어냈다. 방어 결계. 아벨은 그를 확인하고서 공중으로 뛰었다. 그는 수인을 맺으며 캐스팅을 외었다. 아벨의 양손이 활짝 펼쳐졌다.

"그리모어의 마법은 안 쓰나?"

그런 이죽거림 속에서 아벨의 양손이 앞으로 나아갔다. 방어 결계의 안쪽에서 김종현이 뭐라 말하기 위해 입을 벌렸다. 캐스팅? 늦었다. 아벨의 마법이 더 빨랐다.

양의심공으로 두 개의 마법을 펼친다. 두 개의 마법은 독자적인 멀티캐스팅이었다. 즉, 실질적으로 펼쳐진 것은 네 개의 마법이다.

김종현의 방어결계가 박살 났다. 방어결계를 뚫고 들어 온 것은 아주 가느다란 물줄기였다.

"얼어라."

아벨이 선고했다.

물줄기가 김종현의 몸을 꿰뚫고, 커다란 얼음의 송곳으로 확장되었다.

푸확!

김종현의 몸이 둘로 나누어졌다.

아벨은 떨어지는 김종현의 몸을 내려 보았다. 엉망으로 뜯긴 절단부가 얼어붙어 피조차 흐르지 않는다.

쿠웅.

나누어진 두 개의 몸뚱이가 좀비들 사이로 떨어졌다.

'끝?'

김종현은 그리모어의 마법을 사용하지 않았다. 오만해서? 그럴 필요가 없다고 여겼나? 탈출 마법을 펼친 것도 아니다. 김종현은, 틀림없이 마법에 맞았다.

"……하하하."

그런데도 김종현은 웃었다.

"이건…… 정말. 설마 이렇게 될 것이라고는 생각하지 못했는데."

김종현이 웃는 목소리로 중얼거렸다. 설마. 김종현을 내려보는 아벨의 표정이 굳었다. 그 역시 김종현과 똑같은 것을 생각하고 있었다. 아벨도 설마 이렇게 될 것이라고는 생각하지 못했다.

'놈은 인간이 아니야.'

그 당연한 사실이 다시금 자각되었다.

김종현이 몸을 일으켰다. 둘로 나누어진 몸뚱이가 서로 달라붙어서, 얼어붙은 절단부가 억지로 달라붙고.

'준 마왕.'

몸에 붙은 얼음 부스러기를 털어내며 김종현은 그리모어를 쥔 손을 위로 들었다.

반쪽짜리 마왕이라고 해도 마왕은 마왕이다.

그리고.

초월자인 마왕은 불사의 존재다.

당황은 짧았다.

아벨은 왜 김종현이 멀쩡한 모습으로 부활했는지, 왜 자신의 마법이 김종현을 죽이는 것에 실패했는가에 대한 이유를 확실히 알았다.

준 마왕. 북쪽에서의 의식은 완전히 성공하지 못했다. 완전히 성공했더라면 김종현은 완전한 마왕이 되어 이 세상에서 추방되었겠지만, 의식이 실패한 덕에 마왕으로서의 힘을 가진 채로 이 세상에 남아 버렸다.

김종현이 가진 마왕으로서의 힘은 완전하지 않다.

마계에 군림하는 진짜 마왕들과 비교하자면 턱없이 부족할 것이다. 마법사로서의 능력도 아벨보다는 못하다.

방향성이 다른 것이겠지만, 카인을 노리고 대 마법사전에 수백 년을 매진한 아벨은 마법사 전투라는 분야에 있어서는 김종현보다 우월했다.

하지만 김종현보다 마법 전투가 능하다 해도, 정작 김종현이 죽지 않는 불사의 존재라면 의미가 없다.

'마왕보다 힘은 부족해. 하지만…… 빌어먹을. 불사를 획득했단 말인가?'

아벨의 얼굴이 일그러졌다.

그는 빠르게 수인을 맺으며 입술을 달싹거렸다. 빠드드득! 땅바닥이 박살 나고서 식물의 줄기가 김종현의 몸을 휘감으려 했다. 그러자 김종현은 웃으면서 손을 휘저었다.

푸확! 김종현을 중심으로 퍼진 회색의 빛이 식물의 줄기를 가루로 만들었다.

아르베스의 멸혼 마법이다. 그 후에 김종현이 본격적으로 그리모어의 마법을 펼치기 시작했다. 이것은 마왕을 위한 마도서다. 그것은 규격 외의 마법이다. 준 마왕인 김종현이라 해도 모든 것을 펼칠 수는 없다.

"금(禁)한다."

김종현이 입을 열었다. 언령. 에리아에서는 드래곤만이 사용할 수 있다는 마법이다. 드래곤 따위가 사용할 수 있는 것을 마왕이 사용하지 못할 리가 없다. 비록 완전하지는 않다고 해도.

아벨이 술식의 완성 직전에 개입하여 디스펠을 펼친다면, 김종현이 사용하는 그리모어의 언령은 다르다. 금한다. 다가오는 멸혼 마법을 상대로 아벨이 펼쳤던 실드가 사라졌다. 김종현의 언령에 의해 순간적으로 아벨의 마법 능력이 상실된 탓이었다.

"큭?!"

부유 마법으로 공중에 떠 있던 아벨의 몸이 크게 휘청거리더니 추락했다.

아르베스의 멸혼 마법이 아벨을 덮쳐온다. 그리모어의 언령으로 마법을 금할 수 있는 것은 고작해야 몇 초. 그 몇 초만으로도 충분하다. 마법 능력이 상실된 아벨은 죽이기 쉬운 평범한 인간에 지나지 않으니까.

"야!"

프라우가 고함을 질렀다. 귀혼술의 노예가 된 좀비들이 아우성을 치며 땅을 박차 도약했다.

그들은 몸을 던져서 아벨을 노리는 김종현의 멸혼 마법을 대신 맞아 주었다.

혼적도 남지 않고 소멸한 좀비들을 보며 김종현은 혀를 찼다. 그래, 이곳에는 아벨만 있는 것이 아니었다. 대주술사를 굳이 이곳까지 불러온 것은 좀비들이나 상대하라는 이유 때문이 아니겠지.

'주술과 마법은 방식이 달라. 그리모어의 금제로도 주술은 금제할 수가 없다.'

그것을 위해 프라우를 데리고 온 것인가. 반은 맞고 반은 틀렸다. 아벨은 그리모어에 대체 어떤 마법이 있는지 모른다.

프라우를 데리고 온 것은, 아벨이 도움을 청할 수 있는 사람 중에서 그녀가 가장 가까웠기에. 그리고 마법이 아닌 주술로 김종현을 압박하는 것이 가능하리라 여겼기 때문이다.

"고맙다."

땅에 추락 직전에 아벨은 다시 부유 마법을 펼쳤다. 순간이나마 등골이 서늘했다.

설마 그리모어의 능력으로 마법 능력을 금할 수 있을 것이란 생각은 하지도 못했다. 어떻게 해야 하지?

아벨의 두뇌가 빠르게 회전했다. 대처가 불가능한 것은 아니다. 그리에스의 결계를 사용한다면 그리모어의 금제에 저항할 수 있을 것이다.

하지만 효율이 좋지 않다. 마왕으로서의 힘을 가진 김종현은 그리모어의 마법을 사용하는 것에 그리 큰 패널티를 갖지 않는다. 하지만 아벨은? 그리에스의 결계는 사용하는 것만으로 그의 수명을 앗아간다.

이제 와서 수명이 아까운 것은 아니다. 아까웠다면 이곳까지 오지도 않았을 것이다.

아벨의 수명은 무한하지 않다.

그리에스의 마법을 계속해서 사용하고 종언에 대해 알아보려 한 탓에, 그의 수명은 얼마 남지 않았다. 지금 상황에 수명을 무의미하게 소모했다가는 김종현의 마법을 빼앗는 것은 불가능해진다.

'프라우가 김종현을 감당할 수 있을까.'

프라우는 뛰어난 주술사다. 하지만 준 마왕으로서 불사력까지 가지고, 그리모어의 마법과 아르베스의 흑마법을 다루는 김종현을 상대로는 고전할 수밖에 없다. 아벨은 이성민을 떠올렸다. 볼란데르와의 싸움은 아직 끝나지 않은 것인가.

'언제까지냐?'

지금.

다시 하늘로 날아오른 아벨은 다가오는 존재감을 느꼈다. 멸혼 마법을 펼치려던 김종현도 굳었다. 아벨을 신경 쓰느라 느끼지 못하고 있었다.

'볼란데르가 소멸했나?'

프레데터의 검은 별 중 하나가 저물었다고? 김종현은 가늘게 뜬 눈으로 아벨의 뒤편을 바라보았다.

창을 어깨에 비껴 멘 이성민이 걸어오고 있었다.

그는 피로가 쌓인 눈으로 앞을 보았다. 멈춘 좀비의 군단과 그 위에서 검은 로브를 흩날리고 있는 김종현. 땅에 서있는 프라우와 알라두르. 김종현과 대치하고 있는 아벨.

[네가 볼란데르를 정리한 동안 이쪽의 상황도 정리되었으면 좋았을 텐데 말이다.]

솔직히 그것을 바라기는 했다. 이성민은 쓰게 웃으면서 걸음을 재촉했다. 김종현은 다가오는 이성민을 물끄러미 보았다.

그도 지금의 상황이 더 이상 여유를 부릴 때가 아니라는 것은 알았다. 지금의 그에게는 볼란데르도, 데스나이트 군단도 없다. 좀비들이 있기는 하지만 저깟 놈들로 자신의 적들을 위협할 수 없다는 것은 잘 알았다.

"볼란데르는 어디에 갔습니까?"

"죽어서 돌아갈 곳으로."

이성민은 무뚝뚝한 목소리로 대답했다.

맙소사. 여유를 부릴 수 없는 상황에서도 김종현은 웃음을 흘렸다. 애초에 그에게 있어서 자신의 성공여부는 중요한 것이 아니었으니까. 그는 그 자신이 해보고 싶은 일, 할 수 있는 일을 한다.

그 일을 하면서 자신이 즐거워진다는 것을 알았기 때문에. 물론, 김종현이 '할 수 있는 일'을 고르는 것은. 이성민이 알고 있는 전생의 자신이 하지 않았던 일로 제한되어 있기는 했다.

그렇기에 지금의 그는 이 상황에 나름의 만족을 느끼고 있었다.

"내가 당신에게 건넨 제안은 아직 유효합니다."

"받아들일 생각은 없습니다."

그 대답에도 김종현은 웃었다. 하긴, 그럴 것이라면 볼란데르를 죽이지도 않았을 테니.

"당신은 나를 막을 생각이겠죠?"

[놈은 불사를 가지고 있다.]

김종현의 목소리와 섞여서, 아벨의 목소리가 머릿속에 울렸다.

[하지만 완전하지는 않은 것 같군. 놈 자체가 완전한 마왕이 아니니까 말이야. 불완전한 불사다.]

아벨은 그에 대해서는 확신하고 있었다. 만약에 김종현이 정말 불사를 획득했다면, 그는 너무나도 부조리한 존재가 되어 버린다. 그 뱀파이어 퀸조차 완전한 불사력을 가지고 있지는 않다.

[놈의 불사력에는 한계가 있어. 나로서는 그 한계를 돌파하는 것이 힘들군. 마법전으로 끌고 간다면 내가 놈보다 우위에 있는 것은 확실한데, 놈이 그리모어의 마법을 사용하는 것에 비해 내가 그리에

스의 마법을 사용하는 것은 제한이 너무 확실하거든.]

김종현이 금할 수 있는 것은 마법으로 한정되어 있다. 무공을 쓰는 이성민이라면 김종현의 금제에 자유롭다.

[나는 내가 할 수 있는 일을 하지. 김종현이 방해하지 않도록 해 줄 수 있겠나?]

"예."

그 대답은 아벨과 김종현 둘 모두에게 한 말이었다. 김종현은 빙그레 웃었다.

이성민의 그런 선택은 김종현을 분노하게 만들지 않는다. 이런 상황조차도 그는 즐거웠으니까.

하지만, 그렇다고 해서 김종현은 충분히 즐겼으니 이제 포기하겠다는 생각은 하지 않았다. 할 수 있다, 해볼까. 그는 그런 마음으로 이 일을 시작했다. 그리고 그는 아직까지 자신이 실패할 것이라는 확신은 가지고 있지 않았다. 그렇기에, 김종현은 자신이 할 수 있는, 하고 싶은 일을 한다.

팟. 김종현의 손끝이 아벨에게 향했다. 대응하고 있었다.

아벨은 쏟아지는 마법을 블링크로 피하고서 김종현을 뛰어넘었다. 김종현은 아벨을 따라 손을 움직였지만, 그 순간에 이성민의 속도가 바뀌었다.

느릿하게 걸어오던 중에 자색 전류가 파직거렸고, 그의 모습이 사라졌다. 김종현은 이성민의 최속을 겪어 본 적이 없다.

볼란데르와 이성민이 싸우던 모습은 아벨을 상대하느라 보지 못했으니까.

덕분에 그는 다시금 당황했다. 아벨이 김종현을 뛰어넘고, 김종현이 아벨을 다시 겨냥하고.

이성민의 창이 김종현의 배를 관통하고.

그 모든 것은 거의 동시에 일어났다. 김종현은 컥하고 숨을 삼켰다. 목구멍 가득 올라오는 핏물을 뱉어내면서 그는 몸이 꿰뚫린 끔찍한 통증을 무시했다.

콰드드득!

몸을 관통한 창이 회전을 시작했다. 김종현은 양손을 들어 몸 안에서 회전하는 창에 가져갔다. 키이이잉! 그가 뿜어낸 마력이 창의 회전을 멈추었다.

김종현은 관통부의 살점과 내장을 모조리 포기하고서 블링크를 펼쳐 이성민의 창에서 벗어났다.

[과연.]

허주가 중얼거렸다. 아무리 그가 수백 년 전에 최강의 괴물로 군림했다고 해도, 마왕과 싸워 본 적은 없었다. 그것은 이성민도 마찬가지다. 그래도, '불사라는 것이 어떤 것인지는 대강이나마 이해했다.

[너와 크게 다를 것도 없구나.]

김종현의 상처가 재생되었다. 프라우가 좀비 군단을 가르고 아벨을 따라 달린다. 김종현은 멀어지는 아벨과 프라우를 보면서 큭큭 웃었다.

"무슨 생각을 하는 겁니까. 제 마법을 방해하려고? 하긴, 그리에스를 사용한다면 마법을 망치는 것은 가능하겠지요. 결국 당신들은 종언을 받아들이는 것을 선택한 겁니까?"

'모르고 있어.'

아벨의 마법으로 차원 연결 자체를 대마계가 아닌 다른 곳으로 한다는 것. 김종현은 그 사실을 모르고 있다.

"해 보십시오. 그렇게 되는 것도 재미있을 테니. 당신은 나를 죽일 수 없을 테고, 이 세상은 종언을 맞이할 겁니다. 결국 다 같이 죽게 되겠죠."

"이 세상을 위해 이런 일을 벌인 것도 아니잖습니까."

"물론이죠. 나는 나 자신이 즐거우니까 이런 일을 벌인 겁니다. 아, 나는 포기하지 않았어요. 할 수 있는 한 나는 계속할 겁니다."

김종현은 꿰뚫렸던 배를 어루만졌다. 검은 로브가 그의 몸을 덮었다.

"이곳에서 당신을 죽이거나 제압하고. 나는 아벨에게 가서 그를 죽일 겁니다. 그가 마법사로서 나보다 뛰어나다는 것은 인정할 수밖에 없는 사실이지만, 그렇다고 그가 나를 죽일 수 있는 것은 아니니까. 당신과의 이야기는 나중에 차근차근 다시 할 수 있겠죠. 내가 당신을 죽이지 않고 제압하는 것에 그 친다면 말입니다."

김종현이 양팔을 펼쳤다. 검은 로브가 크게 펄럭거리며 그의 등 뒤에서 펼쳐졌다. 그리모어는 검은빛에 휘감겨 김종현의 앞에 떠올랐고, 김종현은 스태프를 이성민을 향해 뻗었다.

"알고 있습니까? 나는 당신에게 호의적이었고, 몇 번이나 당신을 위했습니다. 흑마법사에 대해 경고한 것이 누구였습니까? 검귀를 쫓던 당신을 돕던 것이 누구였습니까? 나였죠. 그것뿐입니까? 나는 어르무리에 있었습니다. 결계를 통해 당신을 구속했었고, 당신이…… 드래곤 하트를 취해 무방비가 된 것을 보고도 무시해 주었습니다. 당신을 죽이고 싶지 않았으니까. 당신이 북쪽에서 나를 토벌하러 왔을 때. 당신과 인연이 있는 적색 마탑주를 의도적으로 보호하기도 하였지요."

김종현은 즐거운 얼굴로 그것을 떠들었다.

"뭐, 자업자득이군요. 당신을 위해서 그런 일들을 했는데, 당신에게 티를 낸 적은 없었으니까. 만약 그랬다면 지금 관계가 조금 달라졌을까요?"

"나는 당신한테 그런 일을 부탁하지 않았습니다."

"하하하! 따지고 보면 그렇군요. 제가 마음대로 벌인 일들이니까. 뭐, 당신을 비난할 생각은 없습니다. 자, 당신은 나를 막기 위해 온 것이었지요? 좀비와 데스나이트를 넘어, 볼란데르까지 죽이고."

그리고 이제.

"마왕과 싸우게 되었군요."

김종현의 웃음이 진해졌다. 상대는 무공을 전문적으로 익힌 무투파다. 볼란데르마저 당해내지 못했다. 이곳에 준비해둔 요격 마법은 아벨에 의해 모조리 디스펠 되었다.

이 상황에서 마법사인 김종현이 이성민을 상대로 싸우는 것은 자살행위다. 아무리 그의 영창이 빠르다고 해도 이성민보다 빠르지는 않을 테니까.

그리모어가 발하는 빛이 심상치 않았다. 김종현의 주변에 진동하는 빛은 마법사의 마력이라기보다는 볼란데르나 다른 데스나이트들이 발하는 사기(死氣)와 훨씬 닮아 있었다.

그리모어는 마왕을 위한 마법이다. 정확히 말하자면, 마왕이 아닌 존재가 마왕이 되기 위해 사용하는 마법. 김종현이 생각했던 대로, 마왕이 되기 위한 학습서에 더 가까웠다.

반전의 마법으로 인간을 마왕으로 바꾼다. 문을 소환해 마계와 이 세상을 오갈 수 있게끔 만든다. 그리고 차원과 차원을 연결하는 것으로 이 세상을 마왕을 위한 식민지로 삼을 수 있게 만든다.

그리모어는 '이상적인' 마왕이 해야 할 일을 마법으로서 제시하고 있는 것이다. 그것이 전부는 아니었다.

모든 마왕이 마법사인 것은 아니다.

우두둑.

김종현의 몸 안에서 뼈가 뒤틀리는 소리가 났다.

김종현의 몸 안에서 무언가가 일어났다. 가지고 있는 마력 대부분이 소모될 정도로 규모가 큰 마법이다.

화려한 마법은 아니지만 지금 상황에서 김종현에게는 필요한 마법이었다. 아벨을 상대로는 사용할 생각이 없는 마법이기도 했다.

이유는 단순했다. 아벨이 마법사였기 때문이다.

하지만 이성민은 마법사가 아니다. 철저한 준비를 갖춘 상태라면 모를까, 준비가 되지 않은 마법사가 무투에 능숙한 무림인을.

그것도 무림인이라는 카테고리 안에서 정점에 가까운 존재를 그냥 상대할 수는 없었다.

뭔가가 일어남은 알았다. 마법은 잘 알지 못해 섣불리 다가가지 않았지만, 내버려 두어서는 안 된다는 직감이 왔다.

볼란데르와 싸운 여파로 몸이 마음처럼 움직이지는 않았지만, 이성민은 뛰었다.

김종현의 두 눈이 붉었다. 시선과 시선이 마주치고, 창끝과 김종현의 손이 마주쳤다.

"막는다."

김종현이 중얼거렸다.

언령. 방어 마법이 완성되었다.

쩌어엉!

이성민의 창이 방어를 꿰뚫었다. 완전하지 않은 언령이다.

공들여 영창하여 펼친 마법보다 완성도가 떨어진다. 김종현도 그것은 잘 알고 있었다.

푸확!

방어가 박살 나고 김종현의 손이 창에 뚫려 사라졌다.

김종현은 웃으면서 쭉 뒤로 물러섰다. 사라진 팔이 순식간에 재생한다.

저런 절단부의 재생은 불사력이 아니고서야 불가능한 일이다. 붉게 변한 눈을 빛내며 김종현은 숙이고 있던 몸을 일으켰다.

그 시점에서 김종현의 '변화'는 끝이 났다. 애초에 그리 오래 걸리지도 않았다.

마왕을 보다 마왕답게.

김종현이 펼친 그리모어의 마법은 이것이었다. 불완전한 육체가 일시적이나마 강화된다. 완전한 마왕의 몸을 가졌더라면 더 큰 덕을 볼 수 있는 마법이었지만, 지금의 김종현으로서는 이것이 한계였다.

그래 봤자 진짜 마왕들과 비교한다면 육체적으로 강인함이 부족하지만.

부족한 것은 마법으로 대체하면 된다. 마왕을 보다 마왕답게 만드는 이 마법은 굳이 육체만 강화하는 것이 아니다.

'보인다.'

이성민이 뛰어드는 모습. 창이 어떻게 움직이는지. 저기서 시작된 창이 어디를 노리는 것인지 김종현의 눈에 훤히 보였다. 육체와 감각이 함께 강화되었다. 그것이 전부가 아니다.

"막아라."

다시 한번 언령이 발동되었다.

조금 전의 언령은 이성민의 창을 막을 수가 없었으나, 이번에는 아니었다.

카가가각!

이성민이 노리고자 했던 곳이 정확하게 김종현의 언령에 가로막혔다.

언령조차도 강화되었다. 김종현이 이를 드러내며 웃었다. 일시적이라고는 하나 마왕으로서의 힘은 매력적이었다.

'왜 웃지?'

이성민은 김종현이 짓고 있는 웃음을 보며 그런 생각을 했다. 그는 뻗었던 창을 뒤로 당겼다.

절명섬 뇌광.

빛이 터진 순간 창이 김종현의 방어를 꿰뚫는다. 이성민은 창과 함께 몸을 쭈욱 밀어붙이면서 김종현의 몸을 노렸다.

"단단하……."

김종현이 내뱉는 것보다 이성민의 창이 빠르다.

콰앙!

반쪽짜리 언령은 김종현의 몸을 충분히 강화하지 못했다. 그래도, 완전히 꿰뚫지는 못했다.

이성민은 김종현의 언령 마법이 어떤 식인지 대강 눈치챘다.

말로 해야 하는 것. 그것만으로 마법을 펼치는 것은 대단한 일이지만, 이성민이 가진 속도 앞에서는 다른 마법과 비교해서 크게 우위를 점할 능력은 아니었다.

이성민의 창은 영창보다 빠르다. 수인을 맺는 것보다 빠르다.

'단단하게.'

이 짧은 문장을 내뱉는 것보다 빠르다.

아무리 말을 빨리해 봤자 한계가 있다. '창을 쏘는' 이성민의 동작은, 말을 내뱉는 것보다 빠르다.

[상대가 나쁘군.]

허주가 중얼거렸다. 그 말대로였다. 흑뢰번천은 '쾌(快)'를 주로 삼는 무공 중에서 정점이라고 하기에 손색이 없는 신공절학이다.

이성민은 흑뢰번천을 사마련주만큼 완벽하게 익히지는 못했어도, 사마련주의 힘을 계승하고 그의 무리를 머리에 담은 덕에 흑뢰번천의 극쾌를 어느 정도는 다룰 수 있었다.

완전하지 않다고 해도 마법을 펼치는 것이나 언령을 외는 것보다는 빠르다. 다른 무공 고수였다면 몰라도 김종현이 싸우고 있는 것은 흑뢰번천의 유일한 계승자라 할 수 있을 이성민이었다. 상대가 나쁘다.

'생각보다……!'

김종현은 이를 악물었다. 이성민의 속도는 김종현이 생각했던 것 이상이었다.

오늘은 참 많이 놀라게 되는 날이다. 아벨이 엔비루스, 카인의 동생이라는 것에도 놀랐고 그가 전투 마법에 특화되어 있다는 것에도 놀랐으며 그토록 빠르게 디스펠을 펼칠 수 있다는 것에도 놀랐는데.

그것보다 이성민의 속도가 예상보다 빠르다는 것이 놀랍다.

'그때는 당연히 전력이 아니었겠지.'

며칠 전에 이성민을 초대해서 대화를 나누었을 때를 떠올린다.

그때 이성민의 창도 빠르고 강하기는 했지만, 지금만큼은 아니었다. 아무리 그때 힘을 조절했다고 해도 이건 차이가 너무 심하다.

김종현의 그런 생각은 틀렸다. 그때, 이성민은 진심으로 김종현을 죽여버리고자 창을 쏘았다.

즉, 김종현은 이성민의 전력을 이미 보았었다. 하지만 그때의 이성민과 지금의 이성민은 다르다.

고작해야 이틀이 지났을 뿐이라고 해도 변화는 이틀이라는 짧은 시간 동안에도 충분히 이루어진다.

아니, 이틀도 아니다. 이성민의 창이 보다 진보할 수 있었던 것은 볼란데르와 싸운 덕분이다.

볼란데르와 싸우지 않고서 바로 김종현을 만났더라면. 그의 언령 마법을 속도로 능가하지 못했을 것이다.

사마련주가 이성민에게 준 성장 가능성은 확실하게 이성민을 성장시켰다.

자신의 몸으로 겪어 보았음에도 김종현은 여전히 웃고 있었다.

놀랐다고는 해도 치명적이지는 않기에. 마왕을 보다 마왕답게. 이 마법의 의미는 아직 발휘되지 않았다.

웃고 있는 김종현을 향해 다시 한번 이성민의 창이 빛을 발했다. 또다시 절명섬. 빠름으로 농락할 셈인가. 언령은 통하지 않는다. 그렇다면 다른 방법을 사용하는 수밖에.

활짝 펼친 김종현의 손이 앞으로 나왔다.

쩌어엉!

맞닿은 순간, 창은 김종현의 손을 꿰뚫지 못했다. 오히려 되돌아오는 반탄력이 이성민의 팔뚝을 뒤튼다.

꿰뚫지는 못했어도 김종현의 손 역시 똑같이 뒤틀렸다. 충격을 둘로 나누어 서로에게 돌려준 것이다.

이성민은 자신의 팔이 비틀린 것에 당황하였지만 오랫동안 동요하지는 않았다. 비틀린 오른팔을 무시하고 왼손으로 창을 잡는다.

그것을 자신 쪽으로 쭉 당기면서 동시에 질풍신뢰를 펼쳤다.

김종현은 그 쾌속을 읽을 수는 없었다.

대신에 그는 공간의 떨림을 느낀다. 마왕의 육체는 이 세상 그 어떤 육체보다 전투에 특화되어 있다.

그것은 김종현 본인이 가장 잘 알고 있었다. 게다가, 지금 이 순간에도 마왕의 육체는 이 싸움에 빠르게 적응하고 있었다.

마왕은 마계의 군주로서 그 어떤 마족보다 강하다. 그럴 수 있는 것은 마왕이 가진 끝없는 성장 가능성 때문이다.

'이런 몸을 가지고도 소멸되었던 칼라드라가 이해가 안 되는 군.'

김종현은 한때 자신이 계약했던 마왕을 떠올리며 자그마한 의문을 느꼈다. 초월자로서의 불사력과 전투 도중 끝없이 성장하는, 육체에 주어진 막대한 성장 보정.

그 외에도 완전한 마왕으로서 강력한 권능을 가졌을 텐데. 도대체 뭔 일이 있었기에 그런 마왕이 소멸한 것일까.

그런 의문은 잠시 접어 둔다. 지금 중요한 것은 그것이 아니니까.

등 뒤에서 느껴지는 창이 어디를 찌를지는 안다.

'지금'의 자신으로는 이성민의 창에 제대로 된 대응을 하는 것은 불가능하다.

그래도 이 정도면.

'못 맞아 줄 것도 없군.'

이성민이 김종현을 쓰러뜨릴 수 있을까.

그에 대해서 아벨은 그 무엇도 예상하지 않았다. 아벨은 이성민의 전력을 모른다.

사마련주가 죽지 않고 와 주었다면 이런 고민 자체를 하지 않았을 것이다.

아벨이 엿보았던 사마련주의 강함은 도저히 인간이라 여길 수 없는 것이었고 김종현이 준 마왕의 격을 갖추어 불사력을 획득했다고 해도 사마련주의 상대는 되지 못했을 것이다.

하지만 그런 사마련주는 죽었다.

"놈이 김종현을 죽일 수 있을까?"

"당장 죽일 필요는 없지."

아벨이 대답했다. 그는 뒤따르는 프라우를 힐긋 보았다. 김종현의 언데드와 놈의 마법에 대한 카운터로 사용할 수 있다고 생각해서 프라우를 불렀지만, 그것과는 다른 의미로 프라우는 지금 상황에 필요했다.

"우선은 놈이 벌이는 마법을 빼앗는 것이 우선이야."

이성민의 역할은 그때까지 김종현을 붙잡고 있는 것.

'마법이 성공한 후에는…… 성공한 후에는? 김종현은 어떻게 하지?'

모든 문제가 사라지는 것은 아니다. 정령계와 연결해서 이 세상이 종언에서 벗어나게 된다고 해도, 김종현이 남아 있다.

불완전한 불사. 죽이는 것이 아주 불가능한 일은 아니겠지만 절대로 쉽지는 않을 것이다.

아니, 생각하지 마라.

아벨은 걸음을 재촉했다. 가장 우선해야 할 것은 이 세상을 종언의 운명에서 벗어나게 만드는 것이다.

한때 게르무드의 영주가 살았던 관저는 더 이상 생존자가 남아 있지 않았다. 귀족의 죽음 따위 알 바가 아니다. 아벨이 보고 있는 것은 처참하게 시든, 한때는 화려했을 정원이었다. 그리고 그 한가운데에 떠올라 있는 검은 구체.

"기분 나빠."

프라우가 중얼거렸다. 그녀의 눈은 아벨이 보지 못하는 것을 본다.

그녀는 게르무드를 보고 혼이 '고여 있다'고 말했었다. 혼이 고인 장소가 바로 이곳이다. 수만에 달하는 혼이 저 구체를 중심으로 얽혀 있다. 아벨은 품 안에서 그리에스를 꺼냈다.

"나는 네가 보고 있는 것을 보지 못해. 하지만 이건 알겠군. 저기서 아주 엿 같은 불길함이 느껴져."

"다가가면 죽어."

프라우가 경고했다.

"……내가 없었을 경우의 이야기지만. 운이 좋네. 내가 여기에 오지 않았더라면, 네가 무슨 수를 쓴다 해도 저 구체에 다가가지 못했을 거야."

그 말에.

아벨은 심장이 멈춘 것 같은 기분을 느꼈다.

숨이 턱 막힌다.

그는 홱 하고 머리를 돌려 프라우를 보았다.

프라우는 하얗게 질린 아벨의 얼굴과, 부릅뜬 두 눈을 보며 머리를 갸웃거렸다.

운이 좋다.

아벨의 머릿속에서 그 단어가 엉클어진다.

운이 좋다. 그래, 운이 좋다. 프라우가 어르무리에 있지 않았더라면.

김종현이 많고 많은 지역에서 비교적 어르무리에 가까운 게르무드를 선택하지 않았더라면. 아벨이 프라우에게 도움을 청하는 일도 없었을 것이고, 프라우가 이 도시에 올 일도 없었을 것이다.

운이 좋다.

"아."
프라우도 아벨이 무슨 생각을 하고 있는 것인지 이해했다.

이 세상에 우연은 없다.

"……빌어먹을."
"잠깐…… 잠깐만. 너무 과한 생각일지도 몰라."
프라우가 그녀답지 않게 당황하여 내뱉었다.
이것이 우연이 아니라면? 운명에 의해 '이렇게' 되도록 조정
된 것이라면? 김종현이 꾸미는 짓도, 프라우가 이곳에 온 것
도, 모든 것이 운명이라면.

이 세상의 운명의 끝은 종언이다.

"좆 까."
아벨은 이를 악물었다. 그는 걸치고 있던 로브를 벗어 던지
고서 그리에스를 펼쳤다.

그는 주저치 않고 검은 구체를 향해 성큼성큼 걸어갔다.

"열어!"

아벨이 고함을 질렀다. 운명이니 뭐니, 그런 소리는 지긋지긋하다.

운명에 대한 이야기를 떠올릴 때마다 빌어먹을 형님의 모습이 떠올랐다. 언제 일어날지도 모를 운명, 파멸적인 죽음이라는 것이 두려워 자기 자신을 버렸던 형님이. 그 찬란한 마법의 재능도 저버리고 카인이라는 이름도 버린 병신이 떠오른다.

아벨은 그를 증오했다. 만약 나에게 형님과 같은 재능이 있었더라면.

"성격 급하기는……!"

프라우는 투덜거리면서 양손을 들어 올렸다.

그녀의 머리카락이 위로 치솟았다. 귀혼술에 의해 혼들이 움직인다. 구체를 휘감고 있는 수만에 달하는 혼이 둘로 갈라졌다.

아벨은 프라우를 믿고서 계속해서 걸어갔다. 프라우의 귀혼술은 아벨이 구체에 다가갈 길을 확실히 열어주었다.

구체 앞에서, 아벨은 그리에스를 내려 보았다. 손을 뻗어 구체를 만져 본다. 저항이 있지 않을까 내심 걱정했는데, 거부반응은 없었다.

'마법은 거의 완성되어 있어.'

좌표만 확정 짓고 충분한 마력만 불어넣는다면 당장 마법은 가동될 것이다. 할 수 있다.

할 수 있으니까 이런 계획을 세운 것이다. 아벨은 그리모어에 정신을 집중했다.

자신에게 남은 대부분의 수명을 바치면서.

구체가 진동하기 시작했다. 그리에스의 마법이 발동되었다. 그리에스가 이쪽 세계에서는 절대로 포착할 수 없는 차원 좌표를 포착했다.

아벨은 구체를 어루만지며 정신을 집중했다. 구체에 담긴 복잡한 마법 술식에 간섭하고, 그곳에 새겨진 기존의 좌표를 지워버린 뒤에 새로운 좌표를 입력했다.

그 후부터는 그리에스의 마법이 마법을 새로이 발현시킨다.

오색찬란한 빛이 공간을 뒤덮었다.

됐다.

남은 수명의 대부분이 사라지는 것을 느끼면서 아벨은 확신했다.

마법은 실패하지 않았다.

이 마법은 여태까지 단 한 번도 써본 적이 없는, 처음 쓰는 것이었지만. 그렇다고 해서 마법이 성공했는가 실패했는가를 구분하지 못하는 것은 아니었다.

좌표 입력은 성공적이었고, 마법은 확실하게 구현되었다. 본래 그리모어의 마법이라고는 해도 좌표가 달라지고 구동 술식 자체를 그리에스의 것으로 바꾸었다.

김종현이 이 마법을 펼치기 위해 게르무드에서 해놓은 준비들. 이 도시 사람 전원을 학살하면서까지 한 준비가 모조리 아벨의 것이 되었다.

터져 나가는 빛 속에서 프라우는 아벨이 보지 못하는 것을 보았다. 수만에 달하는 혼들이 빛 속에서 허우적거리고 있었다. 그들은 길게 미끄러지며 빛 속의 공간을 유영했다.

그럴 때마다 공간이 일그러진다. 혼 하나가 소멸할 때마다 공간에 자그마한 구멍이 만들어졌다.

아.

프라우는 왜 김종현이 이 도시에서 수만에 달하는 인간을 죽이고, 그들의 혼을 마왕에게 보내는 것이 아니라 도시에 고이게 해놓았는지를 이해했다.

'필요했던 거야.'

차원과 차원을 연결하는 것에 혼이 필요하다. 애초에 연결이 되어 있지 않던 대마계와 에리아를 연결하기 위해서는 이것에 몇 배에 달하는 혼이 필요하겠지만, 정령계는 아니다.

에리아와 정령계는 어느 정도 연결이 되어 있으니까. 그러니 게르무드의 혼만으로도 정령계와 연결하는 것이 가능하다.

쿠르르르릉!

공간의 진동에 김종현은 뒤를 돌아보았다. 그의 얼굴에 숨길 수 없는 놀람이 드러났다.

오늘은 여러 가지로 참 많이 놀라는 날이었지만, 그 모든 놀람을 통틀어 지금처럼 놀란 일은 없었다.

"그렇군."

김종현은 무슨 일이 일어난 것인지 이해했다. 대마계와 연결하는 것이야말로 종언을 피하는 유일한 길.

그것이 '유일하다' 할 수 있었던 것은, 김종현만이 차원과 차원을 연결하는 마법을 펼칠 수 있었기 때문이었다.

하지만 그렇게 할 수 있는 것이 김종현만이 아니라면? 다른 방법이 있다면? 그래, 그래서 이렇게 하는 것인가.

"난 또. 아무런 대응책도 없으면서, 무턱대고 이런 일을 벌인 줄 알았잖습니까."

김종현은 큭큭 웃으면서 이성민을 보았다.

이성민은 피투성이가 되어 먼 곳에 주저앉아 있었다.

그는 숨을 몰아쉬며 김종현을 노려보았다. 왜 이렇게 되는 것인지 이해할 수가 없었다.

분명, 처음만 해도 이성민은 김종현을 압도하고 있었다.

볼란데르와의 싸움을 거치며 보다 진보한 이성민의 속도는 김종현으로 하여금 대응을 불가능하게 만들었었다.

하지만 지금은? 이성민이 전력으로 쏘아낸 창을 김종현은 피하고, 막았다. 물론 지금의 이성민은 볼란데르와의 싸움을 거친 덕에 여러모로 심력이 소모된 상태라 컨디션이 좋지 않았다.

하지만 그렇다고 해도. '마법사'인 김종현이 육체 능력만으로 이성민을 압도하고 있다는 것은 믿을 수 없는 일이었다.

"이런 방법이 있었군요. 아벨…… 설마 그가 가진 그리에스의 마법이 이런 일도 가능하게 만들 것이라는 것은 조금도 예상하지 못했습니다. 결과적으로 나는 실패했군요."

김종현은 그렇게 말하면서 이성민을 향해 다가갔다. 지금의 그는 무척이나 기분이 좋았다. 일시적이라고는 해도 완전한 마왕으로서의 능력은 그 김종현조차도 도취하게 만들었다.

마왕의 육체는 이성민과의 싸움에서 계속해서 성장했다. 그래 봤자 마법의 지속이 끝난다면 사라질 힘이지만.

"어쩔 수 없죠."

[괜찮냐?]

허주가 걱정 어린 목소리로 물었다. 괜찮아. 이성민은 자그마한 목소리로 답하면서 몸을 일으켰다.

튕겨 날아가면서 내장이 좀 터지고 뼈가 부러졌다. 하지만 그것도 순식간에 재생을 끝낸다.

재생이 거듭될 때마다 머릿속이 지끈거리고 심장이 펄떡거린다. 이러한 재생 행위가 가뜩이나 불완전한 봉인을 더욱 위협하고 있다는 것은 이성민도 잘 알고 있었다.

"'이곳'에서는 실패했습니다. 뭐, 괜찮습니다. 어차피 나는 다시 할 수 있어요. 방법도 알고 있고. 볼란데르와 데스나이트 군단을 잃은 것은 안타까울 뿐. 기왕이면 당신이 그들의 공백을 메워주었으면 좋겠지만……."

"당신은 실패했습니다."

이성민은 비틀거리며 몸을 일으켰다.

"그리고, 다른 방법으로 이 세상은 종언의 운명에서 벗어나게 되었습니다. 그런데도 당신은 또, 이런 일을 벌이겠다는 말입니까?"

"왜 이러십니까. 내가 순수하게 종언을 막고자 이런 일을 벌인 것이 아니라는 것을 알면서."

그리고.

"흠."

김종현은 그 말을 덧붙이면서 턱을 어루만졌다.

"묘하군요. 어느 세상으로 연결한 것인지는 모르겠지만……
거의 변화가 없어요. 마법은 분명히 펼쳐진 것 같은데?"

그것은 이성민도 똑같이 느끼고 있는 의문이었다. 김종현이
저런 반응을 보인 것을 보면, 아벨이 하고자 한 일이 성공한 것
은 분명했다.

몸을 일으킨 이성민은 창을 잡았다. 그것을 보며 김종현이
양손을 들어 올렸다.

"아니, 잠깐. 나는 지금 당장 당신과 다시 싸우고 싶은 마음
은 없습니다."

김종현은 그렇게 말하며 몇 걸음 뒤로 물러섰다.

"우선 무슨 일이 일어난 것인지 확실하게 확인하고 싶거든요."

김종현은 그렇게 말하며 빙긋 웃었다.

팟!

그 웃음을 남기고서 김종현의 모습이 사라졌다. 연달아 펼
친 블링크로 공간을 뛰어넘은 것이다.

이성민의 표정이 싸늘하게 식었다. 그는 주저하지 않고 아벨
이 향했던 방향을 향해 경공을 펼쳤다.

지금 상황에서, 앞으로 김종현이 하고자 하는 일에 있어서
가장 큰 방해라 할 수 있는 것은, 무공을 익힌 이성민이 아닌
그리에스를 가지고 있는 아벨이다.

그러니 김종현으로서는 아벨을 먼저 정리하고자 할 것이 틀

림없었다.

"……뭐야 이건?"

아벨은 멍하니 서 있었다.

마법이 발현된 탓에, 구체는 더 이상 존재 이유가 없어 소멸했다. 마법은 발현되었다. 그건 틀림없는 사실이었다

그런데 이게 뭔가. 아벨은 눈 앞에 펼쳐진 것을 보았다.

그는, 틀림없이 정령계의 좌표를 입력했다. 그리에스에 수명을 바치면서 얻은 좌표이니 오차가 있을 리가 없다. 아벨은 단한 번도 정령계에 가본 적은 없었다.

에리아는 틀림없이 정령계와 연결되었다.

그런데, 생각했던 것과는 너무나도 달랐다.

시들어버린 정원과 화려한 꽃밭이 뒤섞였다.

그 너머에는 화려한 저택이 서 있었다.

웬 저택이?

아벨이 놀란 것처럼 프라우도 얼떨떨한 얼굴로 저택을 보았다. 그녀의 뒤에 숨어 있던 아라두르가 머리를 빼꼼히 내밀면서 물었다.

"정령은 어디에 있는 거유?"

"내가 어떻게 알아, 새끼야."

알라두르의 질문에 프라우가 날카로운 어조로 대답했다.

아벨이 빠득 이를 갈았다. 그는 성큼성큼 저택으로 다가갔다.

정령계와 연결된 것은 틀림없는 사실이다. 그런데, 이 세상에 나타난 것은 저 저택 하나가 전부였다.

그래서, 정령은 어디에 있는 거냐. 저 저택은 또 뭐고. 아벨은 경련하는 뺨 근육을 내버려 두고서 저택의 문 앞에 섰다. 그리고 손을 들어 문고리를 잡았다.

아벨이 문을 당겨 열기도 전이었다. 반대쪽에서 누군가가 문고리를 잡아 돌렸다.

문이 열렸다.

"⋯⋯어."

아벨은 문을 연 사람을 보고서 믿을 수 없다는 듯이 눈을 크게 떴다.

그는 얇은 안경을 썼고, 몸이 불편한 듯 휠체어를 타고 있었다. 머리는 하얗게 셌고 얼굴에는 주름이 많았다.

"혀, 형님이 왜?"

아벨이 더듬거리며 물었다.

문 너머, 휠체어에 앉아 있는 것은 엔비루스. 아벨의 형인 카인이었다.

그도 믿을 수 없다는 표정이었다. 하지만 카인의 동요보다는 아벨의 동요가 훨씬 컸다.

한때 카인이 가지고 있던 막대한 마력은 거의 느껴지지 않았다. 간신히 노화를 억누르고 있음에도 노인의 모습이다.

그것이 한계인 모양이었다. 저것마저 하지 못했더라면 수백 년의 세월이 육체를 짓눌러 죽어버렸을 테니.

게다가 다리는 왜 또 저 모양인가. 설마 여기서 카인과 만나게 될 줄은 상상도 못 했었지만, 그것보다. 아벨은 자신이 목표로 삼았던 카인이 이리도 처참한 모습으로 몰락해 있다는 사실에 경악했다.

"아벨……?"

카인이 안경 너머의 흐릿한 눈을 크게 뜨며 중얼거렸다.

그는 눈이 잘 보이지 않았다. 목소리를 듣고서야 간신히 문을 연 상대가 아벨이라는 것을 알았다.

"주인님!"

카인의 등 뒤에서 놀란 목소리가 들렸다. 복도를 가로질러 뛰어나온 것은 고양이 귀를 가진 수인이었다.

그녀는 열린 문 너머에 서 있는 아벨을 보면서 움찔 굳었다. 왜 인간이 이곳에? 그런 의문이 떠올랐지만, 루비아는 급히 카인에게 다가가 그의 휠체어를 잡았다.

"왜 문을 여신 거예요……?"

"밖에서 이상한 소리가 들려서……."

카인이 더듬거리며 말했다. 제 몸조차 가누지 못한다. 눈도 제대로 보이지 않고 늙음도 완전히 억누르지 못했다. 저게⋯⋯ 뭐냐. 아벨의 얼굴이 일그러졌다.

아니, 지금 중요한 것은 그것이 아니다. 아벨은 급히 앞으로 걸어가 카인의 손목을 잡았다.

"이곳은 어디입니까?"

"응⋯⋯?"

"이곳이 대체 어디냔 말입니까!"

아벨이 고함을 질렀다. 루비아가 굳은 표정을 지으며 아벨의 앞을 가로막았다.

"당신들은 누구죠? 왜⋯⋯ 아니, 어떻게 이곳에 온 거예요?"

"아가리 닥쳐라. 질문은 내가 해. 여기는⋯⋯ 대체 어디냔 말이다. 정령계가 아닌가? 나는 틀림없이 정령계의 좌표를⋯⋯."

"정령계가 맞아."

카인이 대답했다.

"⋯⋯정령은⋯⋯ 없지만."

"설명⋯⋯ 해주십시오."

뭔가가 잘못되었다.

인정하고 싶지 않았지만, 아벨은 그러한 진한 예감을 느꼈다.

정령이 보이지 않는다. 정령계는 정령의 여왕의 통치를 받는 세상. 수많은 정령이 살아가는 곳이다. 그런데 왜, 정령계와 연결했는데 정령이 보이지 않느냔 말이다.

"좌표…… 정령계의 좌표. 아벨. 네가 무슨 짓을 하려 한 것인지는 모르겠지만, 정령계의 좌표는 변경되었다. 정령의 여왕은 정령계에 살 수 없는 나를 위해, 기존의 좌표에 자그마한 공간을 창조해 덧씌웠지."

그게 이 저택이다. 마나와의 계약을 어긴 대가로 카인은 죽을 위기에 처해 있었다.

정령의 여왕은 카인의 죽음을 도저히 용납할 수가 없었기에, 오랜 약속을 무시하면서 현세에 강림해 카인을 데리고 가 버렸다.

"개소리하지 마."

아벨이 몸을 떨었다.

결국 뭔가. 김종현의 마법을 빼앗았다.

아벨은 자신의 수명 대부분을 바쳐 마법을 펼쳤다. 게르무드의 수만 명의 영혼을 완전히 소멸시키면서 에리아와 정령계를 연결했다.

그런데. 연결된 것은 정령계가 아니었다. 정령계의 좌표에 덧씌워진 독립적인 공간. 정령의 여왕이 카인을 위해 마련해 준 공간이 에리아와 연결되어 버린 것이다.

아벨은 급히 그리에스를 움켜쥐었다. 수명이 얼마 남지 않았음을 알았지만 아벨은 개의치 않았다.

마법을 펼치고서, 아벨은 그만 그 자리에 주저앉아 버렸다.

'변하지 않았다.'

에리아의 운명은 변하지 않았다. 여전히 이 세상의 끝에 있는 운명은 종언이다.

"여왕……."

아벨이 더듬거리며 말했다.

"여왕…… 정령의 여왕은? 그녀, 그녀를 부르십시오. 지금 당장!"

"그건…… 불가능해."

카인은 잘 보이지 않는 눈을 질끈 감으며 중얼거렸다.

"그녀는 나를 구하기 위해 오랜 약속을 어겼네. 그 대가로, 그녀는 오랜 잠에 빠지게 되었어."

정령의 여왕은 그렇게까지 하면서도 카인을 구하고 싶어 했던 것이다. 오랜 잠에 빠져 다시는 카인을 만나지 못한다고 해도 카인의 죽음을 막고 싶어 했다.

"하…… 하하……."

아벨은 허탈한 표정으로 웃음을 흘렸다. 말도 안 된다. 믿을수가 없었다. 이 무슨…… 개 같은 상황이란 말인가? 수명 대부분을 바쳐가면서 마법을 펼쳤는데. 이 세상. 에리아의 종언을 막고자 이렇게까지 했는데.

"개 같은 새끼……."

아벨은 원독에 찬 눈으로 카인을 노려보면서 내뱉었다. 그렇게 하지 않고서는 견딜 수가 없었기 때문이다. 모든 것이 카인으로 인해 엉망이 되었다.

카인이 이곳에 없었더라면. 카인이 그렇게 하지 않았더라면. 정령의 여왕이 약속을 어기고 이 세상에 개입할 일도 없었을 것이고, 카인을 위해 정령계의 좌표에 그를 위한 공간을 만들어 놓지도 않았을 것이다.

그랬더라면 아벨이 하고자 하는 일은 성공하여 에리아와 정령계가 연결되었을 것이고!

"하하하하!"

아벨의 등 뒤에서 웃음이 터졌다.

김종현은 공중에 떠서 즐거운 표정을 지으며 손뼉을 치고 있었다.

그럴 수밖에 없었다. 아벨은 실패했다. 실패한 것은 김종현도 마찬가지였지만, 아벨과는 다르게 김종현은 얼마든지 다시 시작할 수가 있다.

"이거 참 걸작이군요. 설마 어르무리에서의 일이 이런 결과를 불러오다니. 하하하하!"

김종현의 밑에는 이성민도 서 있었다.

그 역시, 카인이 말한 것들을 들었다. 왜 이렇게 되었는지도 알았다.

이성민은 아벨의 앞을 가로막고 서 있는 루비아를 보았다. 루비아도 이성민을 보았다. 믿을 수 없다는 듯 경악한 루비아의 얼굴을 보며, 이성민은 억지로 미소를 지어주었다.

지금 상황에서 자연스러운 미소를 짓는 것은 불가능했다.

"결국 당신은. 종언을 막고자 하였지만, 안전한 정령계에서 잘살고 있었다는 것이군요."

김종현이 카인을 손으로 가리키며 비꼬았다.

"그리고 당신은 실패했고."

아벨을 향해 이죽거렸다.

"나는 다시 하면 되는 것이고."

이토록 즐거울 수가.

김종현은 다시 한번 큰 소리로 웃었다.

"대체…… 무슨 일이 있었던 거냐?"

카인이 더듬거리며 물었다. 그는 아직까지 대체 어떤 상황이 벌어진 것인지 모르고 있었다.

아벨은 그런 카인을 증오스러운 눈으로 보았다. 아무 쓸모도 없다. 예전의 힘이라도 가지고 있었다면 모를까. 지금의 카인은 마법사로서의 능력이 대부분 상실된 상태였다.

정령계에 이주하여 여왕의 힘으로 간신히 목숨을 부지했다고는 하지만. 마나와의 계약을 어긴 것은 마법사에게 있어서는 치명적인 일이다.

"그 얼마 되지도 않는 마력으로 간신히 노화를 억누르고. 그렇게…… 그렇게까지. 살고 싶었던 겁니까……!"

아벨이 꽉 눌린 목소리로 토해냈다.

"자신이 태어난 세상이 어찌 되는가 따위는 신경도 쓰지 않고. 이렇게…… 여왕이 마련해 준 저택에서. 꽃이 화려한 정원 따위를 돌보면서. 그렇게 살아가고 있었던 겁니까……!"

"나, 나는."

아벨이 토해내는 말에 카인이 더듬거리며 말했다.

"무엇이든 하려 했다. 나 역시…… 종언을 막고자 분주하게 움직여 왔단 말이다. 하지만, 지금의 나는……"

"닥치십시오."

아벨은 카인의 말을 들으려 하지 않았다. 더 들을 필요도 없는 말이었다. 카인이 했던 노력? 안다. 무시할 생각은 없다.

하지만 결국 그가 하고자 했던 노력은, 자기 자신의 끔찍한 죽음을 피하는 것을 우선했던 것들이다. 그것이 결국 이런 결과를 불러오지 않았는가.

"어쩌시겠습니까?"

김종현은 웃는 목소리로 물었다.

"이성민 님. 당신에게 하는 말입니다. 당신이 하고자 하는 일은 실패했습니다. 이렇게 된 이상 종언을 피하기 위해서는 대마계를 이 세상에 연결하는 방법뿐이군요."

"개소리하지 마라……!"

아벨이 이를 갈며 외쳤다.

"대마계와 이 세상이 연결된다 하더라도 결국은 파멸이다. 네가 인간을 돌볼 것이냐? 마족의 손아귀에서 이 세상을 보호하겠느냐 말이다……!"

"아니, 그럴 생각은 없습니다만. 그래도 완전한 종말보다는 낫지 않겠습니까? 인간 태반이 죽어버린다고 해도 이 세상은 완전히 멸망하지 않을 겁니다."

선택.

이성민은, 다시 또. 그것을 떠올렸다.

몇 번이나 들었던 말. 므쉬도, 요정의 여왕도 했던 말이다. 선택의 때가 올 것이라고.

이성민은 손에 쥐고 있는 창을 내려 보았다. 내린 선택에 어울리는 존재가 되어야 한다. 므쉬가 했던 그 말을 되새기면서.

김종현과 손을 합쳐 이 세상을 대마계와 연결한다.

먼저, 수십만에 달하는 인간을 죽여야 할 것이다. 아니, 수십만으로도 부족할 것이다. 어쩌면 수백만을 죽여야겠지.

그러한 인간의 혼을 바쳐야 이 세상을 대마계와 연결할 수 있을 것이다. 그 뒤에도 끝없이 죽음이 계속될 것이다. 대마계와 연결된 에리아는 이전의 에리아가 아니게 될 것이다.

언제부터 네가 사람 목숨을 신경 썼냐.

머릿속 한구석에서 그런 목소리가 들렸다. 가장 중요한 것은 자기 자신이 아닌가? 이 세상이 어찌 된다 해도 너는 살아남는다. 네가 가진 힘이라면 네 목숨 정도는 보전해 줄 수 있겠지.

웃기지 마라. 정녕 그럴지, 그렇지 않을지도 모르는 일 아닌가?

그래서, 일단 무턱대고 김종현을 막으려 들자고? 방식이 처참하다뿐이지 결국 김종현이 하는 일은 종언을 막는 것 아니냐?

종언을 막는 일이라고? 아니야, 김종현은 그냥 자기가 하고 싶어서 저러는 것뿐이다. 네가 하고 싶었던 일을 생각해라. 억울하다며, 아깝다며. 마계와 연결된 처참한 세계에서 사는 것으로 네 억울함이 보답 받겠냐?

'닥쳐.'

머릿속에 맴도는 목소리는 자기 자신의 것이었다. 어떤 대답을 내놓으란 말이냐. 어느 쪽이든 답이 없다.

대마계와 연결되는 것 역시 다른 의미의 종언. 이성민이 마계의 군주나 마신보다 강하다면 또 모를까.

지금의 그는 불완전한 마왕이었던 김종현을 쓰러뜨리는 것도 힘겨웠다. 고작 이 정도의 힘으로 대마계와 연결된다면, 이성민 본인의 목숨조차 보전하기 힘들 것이다.

이성민도 그럴 진데.

다른 사람들은 어떨까. 먼 기억을 떠올린다. 제나비스에서 도움을 받았던 이들. 한스와 잭, 루라. 힘도 가지고 있지 않은 평범한 사람들. 루라는 결혼했다고 했지. 그녀가 낳은 자식은?

셀게루스는? 스칼렛은? 백소고는? 위지…… 호연은? 불영 대사, 남궁회원, 지학, 등, 등등, 등등등.

네가 뭐라고 그들까지 신경 쓰는 거냐?

'닥쳐.'

안 된다. 김종현은 틀렸다. 그가 하고자 하는 방법으로는 이 세상을 구원할 수가 없다.

어이구, 언제부터 이 세상을 그토록 위하셨지? 언제부터 세상을 구하고 싶어 했냐고.

네가 종언을 막고자 하는 것은 너 자신이 이 세상에서 행복을 느낀 적이 없어서. 불행하고 바쁘게 살았는데, 이제는 세상까지 망한다니 아깝고 억울해서 그를 가만히 둘 수가 없기 때문이 아니었나.

아니면 사마련주의 죽음에 책임감을 느껴서? 비꼬는 목소리를 들으며 이성민은 하하 웃었다.

"그만해."

지껄이는 목소리에 대고 중얼거린다. 마음속 깊은 곳에서, '나'는 그렇게 생각하고 있었던 것이다.

아벨이 물었던 것이 생각난다. 너는 간절하냐고. 그 말은, 솔직히 잘 모르겠다. 간절함은…… 적다. 이상하게도.

세상이 멸망하는 것은 싫다. 그래서 막는다. 아주 자연스럽게 그런 흐름이 되었고, 거기에 끼게 되었다는 느낌이다.

싫다.

이것은 틀림없는 사실이었다.

"타협하고 싶은 마음은 없습니까."

이성민이 입을 열었다.

"대마계가 아닌 다른 세상과 연결하는 겁니다."

"어떻게? 아니, 어디로? 다시 한번 정령계와 연결하는 것을 시도하자는 겁니까? 하하…… 내가 왜 그래야 합니까. 대마계와 연결되는 것이 내가 바라는 바인데."

김종현은 설득할 수가 없다.

"다른 방법은 없는 겁니까."

아벨에게 묻는다. 아벨은 대답할 수가 없었다. 방법은⋯⋯ 없다. 김종현이 저렇게 하고자 하는 이상.

[너는 뭘 하고 싶은 거냐.]

허주가 물었다.

[김종현이 하고자 하는 일은 여러모로 이 세상을 망치기는 하겠지만, 완전한 종언에서는 벗어나는 일이다.]

알고 있다.

[그게 싫어서 김종현을 막는다면 당장 종언을 막을 방법 따 위는 없다. 어느 쪽이든 엿 같은 선택이로구나.]

'여유가 있을까.'

이성민이 중얼거렸다.

'여기서 김종현을 막는 것에 성공해도. 당장 종언이 오는 것 은 아닐 거야. 언젠가 올 종언⋯⋯ 대체 얼마나 시간의 여유가 있을까.'

[너는 뭔가를 잊고 있다.]

허주가 말했다.

[너는 전생에 네가 죽었던 던전으로 갔고. 그곳에서 무언가 를 얻었지. 너는 아직 그것의 사용법을 모른다.]

'그 열쇠가 답이 될 수도 있다는 거냐.'

[나는 모르지. 하지만 뭔가 의미가 있기에 너에게 주어진 것이 아니겠느냐.]

'나 자신이 종언의 일부일지도 모른다. 그런 나에게 주어진 열쇠가, 종언을 피하는 것에 도움이 될까.'

[너는 너 스스로도 그를 확신하지 못하고 있다. 선택은 네가 하는 것이다. 너는 뭐냐. 너는 너 자신을 무엇이라 생각하느냐.]

이성민.

[너는 종언이 되고 싶은가?]

더 이상의 질답은 의미가 없었다.

이성민은 선택을 내렸다.

순식간에 뛰어오른 도약에 김종현은 즉시 대응했다. 그는 양손을 펼쳐 뛰어오른 이성민을 가로막았다.

멈춰라.

내뱉은 언령은 이전보다 확실하고 빠르다. 전투를 거듭해 성장하는 마왕의 육체 덕분이다.

강력한 억제력이 이성민의 몸을 붙잡는다. 이성민은 전신을 꽉 잡는 힘을 무시하며 억지로 창을 움직였다.

뜨드드득!

부하가 걸린 관절이 부서진다. 무시했다. 창을 움직이지는 않았다. 대신에 그는 공중을 땅으로 찼다.

간신히 걸은 두 걸음이 이보겹살 벽력을 일으켰다.

꽈아앙!

커다란 소리와 함께 김종현의 언령이 힘을 잃었다. 김종현은 혀를 쯧 차며 손을 움직였다. 언령이 강화되었듯 마법 능력도 강화되었다.

이러한 권능에 중독되어 버릴 것만 같았다. 나중에 기회가 된다면 완전한 마왕이 될 수 있는 방법을 찾아보자고. 김종현은 내심 그런 생각을 했다.

수백 개의 화염구가 이성민을 덮쳤다. 교묘함 없는 화력 위주의 공격. 이보유런 비뢰가 펼쳐졌다.

이성민을 덮쳐오던 화염구들이 일제히 터진다. 그 사이에서 이성민은 한 줄기의 번개가 되어 김종현과의 거리를 꿰뚫었다.

"막아라."

언령과 방어마법이 동시에 펼쳐졌다. 내달리는 속도를 더 빠르게. 정신이 아득해질 정도의 속도 속에서 추혼일살 뇌전을 펼쳤다.

꽈지지직!

방어 결계가 박살 났다. 창을 잡고 있는 이성민의 양팔도 뒤틀렸다.

여기서 김종현을 죽인다. 이성민은 그것을 결심했다. 김종현은 절대로 이성민에게 설득되지 않는다.

이곳에서 그를 죽이지 않는다면, 김종현은 게르무드에서 저지른 대학살을 반복하며 다시 대마계와 이 세상을 연결하려 들 것이다.

그러니 막는다. 종언을 막기 위한 뚜렷한 방법이 아직까지 없다고 하더라도. 이성민은 김종현을 막는 것을 선택했다. 무책임한 일임은 안다.

어찌 보면 김종현이 하고자 하는 일이야말로 이 세상을 종언에서 구하기 위한 유일한 방법일지도 모르니까.

그래도 막을 생각이었다. 그래, 다른 방법이 있을지도 모르니까. 어차피 종언이나 대마계와의 연결이나 다를 것이 없는 참상을 만든다면. 차라리…… 조금이라도 희망이 있는 편에 걸어보고 싶었다.

적어도, 이성민은 대마계와 연결되어버린 세상에서 살고 싶은 마음은 없었다.

김종현의 주변을 휘감고 있던 어둠이 날카로운 송곳이 되었다.

찌른다.

언령과 함께 막대한 마력이 쏟아졌다.

이성민은 두 눈을 부릅뜨고서 창을 잡은 손을 움직였다. 분리추살 뢰섬과 혈류추살이 송곳과 충돌했다.

이성민은 창을 잡고 있던 오른손을 놓고서 앞으로 펼쳤다. 혈환신마공의 사초인 혈잔겁화가 장법으로 쏟아졌다. 광범위를 뒤덮는 강기의 불꽃이 김종현을 덮쳤다.

[놈은 계속해서 강해지고 있다.]

허주가 경고했다. 처음 싸웠을 때와 지금의 김종현은 비교가 되지 않는다. 이 단기간에 성장하는 것은 아무리 생각해 봐도 불가능한 일이다.

'알아. 아까 펼친 마법. 그것과 관계가 있겠지.'

[등신은 아니군. 저런 마법이라면 지속 시간이 있겠지. 버틸 거냐?]

'버티지 말고 죽일까?'

[가능은 하냐?]

허주가 이죽거렸다. 이성민은 피식 웃었다. 휘몰아치는 칼날의 틈바구니에서. 파직거리는 번개 소리가 끝없이 튄다.

이성민이 조금씩 몸을 움직이며 김종현의 칼날을 피해내고 있었다.

'아니. 불가능해.'

[그러면 버텨야지. 놈의 마법이 끝날 때까지.]

이성민도 그렇게 판단했다.

하지만. 상황은 이성민에게 있어서도 그리 좋지 않았다. 거듭된 재생. 요력의 남발. 오슬라가 새겨 준 봉인의 근간이 뒤흔들리고 있다. 볼란데르와 싸우고 나서 즉시 김종현과 싸우고 있다. 너무 무리한 것이다.

"큽!"

재빠르게 회피 동작을 이어나가는 중에 결국 공격을 허용했다. 급히 호신강기를 끌어올리기는 했다만, 가슴을 치고 들어오는 공격에 이성민의 몸이 뒤로 튀어나갔다.

김종현은 뻗은 손을 아래로 내리며 아벨을 힐긋 내려다보았다. 숨을 몰아쉬고 있는 아벨을 보며 김종현은 피식 웃었다.

"남용하셨군."

그리에스에 대해서는 잘 모른다. 하지만 지금의 아벨은 김종현이 크게 신경을 쓸 상대는 아니었다.

그나마 프라우가 신경 쓰이기는 한다만…… 뭐, 조금 뒤로 미뤄두어도 되겠지.

아직 마법의 지속 시간이 끝나기에는 여유가 많았다. 김종현은 날아간 이성민을 쫓아 가속했다.

이성민은 무너진 건물 잔해에서 몸을 일으켰다. 꽤 멀리 날아왔나. 드래곤의 비늘을 사용한 흉갑이 처참하게 찌그러져 있었다.

시간이 지나면 스스로 복구되겠지만. 이성민은 입안에 찬 피를 퉤 뱉어내면서 잔해 속에서 걸어 나왔다.

"이, 이성민 님……?"

테레사를 중심으로 한 성기사와 군대들이 보였다. 순간, 이성민은 왜 그들이 이곳에 있는지를 이해하지 못했다.

"데…… 스나이트들은 어떻게 된 겁니까?"

"전투 도중, 그들은 전투를 포기했습니다. 그리고 유령마를 타고서 도주했습니다."

테오스가 대답해 주었다. 아무래도 볼란데르가 소멸하자 그를 따르던 데스나이트 군단들이 흩어진 모양이었다.

"잠깐, 상처가……!"

테레사가 급히 이성민에게 다가왔다. 그녀의 손에 뻗어지는 신성력을 보며 이성민은 급히 뒤로 물러섰다.

"괜찮습니다."

테레사가 발하는 신성력은 이성민에게 있어서는 상극이었다. 그녀가 치료를 해주고자 뻗는 손길이 이성민에게 있어서는 독이 되는 것이다.

"이거 참."

하늘에서 그런 목소리가 들렸다.

"볼란데르가 죽었다고 도망쳐 버리다니."

검은 로브를 휘날리면서, 김종현이 성기사들 사이로 내려왔다.

to be continued

우진 현대 판타지 장편소설
WISHBOOKS MODERN FANTASY STORY

다시 태어난 베토벤

1827년 한 남자의 죽음으로 고전 시대가 저물었다.

**그러나
그가 지핀 낭만의 불씨가 타오르니
비로소 새로운 시대가 열렸다.**

긴 시간이 흘러 찬란했던 불꽃도 저물어 갈 즈음.
스스로 지핀 불씨를 지키기 위해
불멸의 천재가 다시 태어났다.

〈다시 태어난 베토벤〉

**마치 운명이 문을 두드리듯
힘차게 손을 뻗어 외친다.
*"아우아!"***

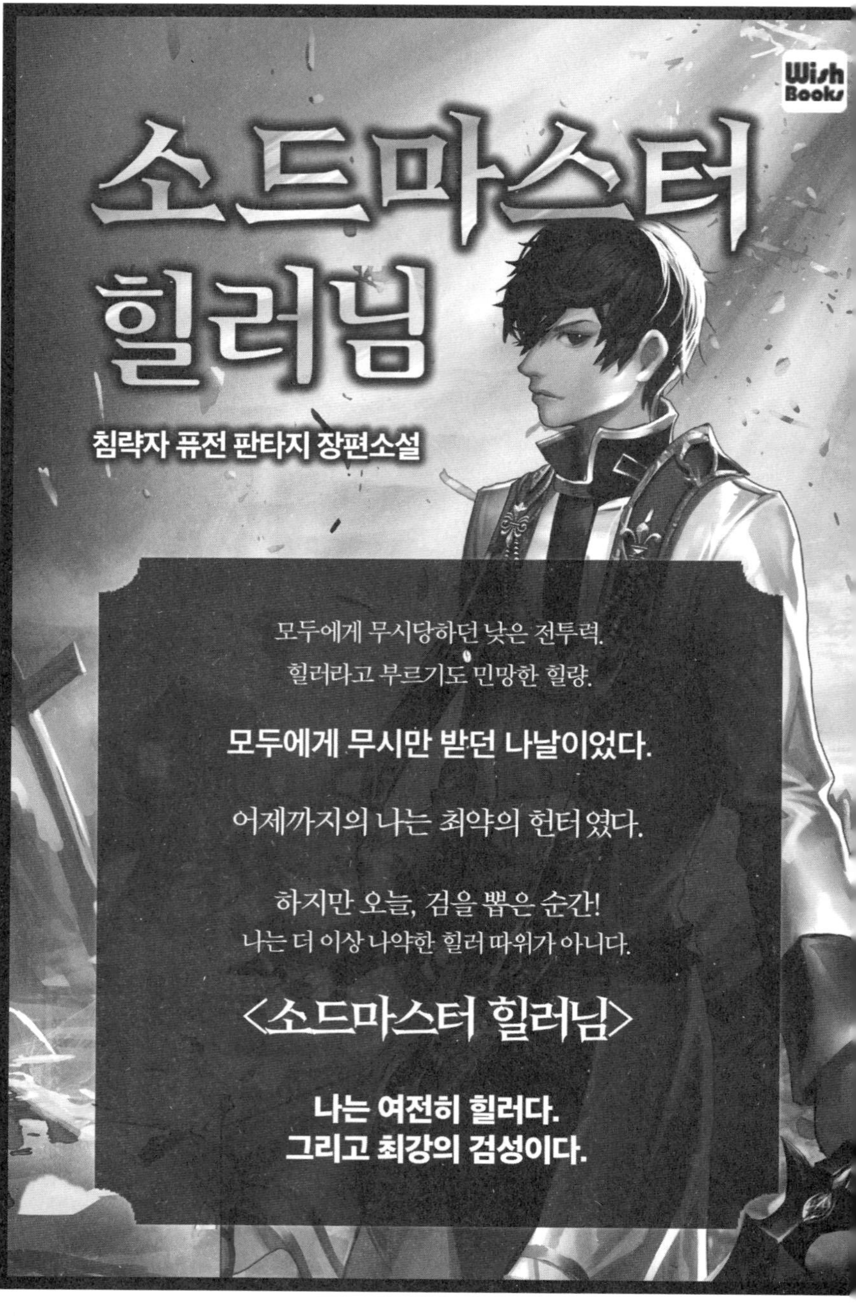
Wish Books
소드마스터 힐러님
침략자 퓨전 판타지 장편소설
모두에게 무시당하던 낮은 전투력.
힐러라고 부르기도 민망한 힐량.
모두에게 무시만 받던 나날이었다.
어제까지의 나는 최약의 헌터 였다.
하지만 오늘, 검을 뽑은 순간!
나는 더 이상 나약한 힐러 따위가 아니다.
<소드마스터 힐러님>
나는 여전히 힐러다.
그리고 최강의 검성이다.